suhrkamp taschenbuch 499

Volker Braun, geboren 1939 in Dresden, lebt in Berlin (DDR). Gedichtbände: *Provokation für mich; Wir und nicht sie; Gegen die symmetrische Welt*. Prosa: *Das ungezwungne Leben Kasts; Unvollendete Geschichte*. Stücke: *Die Kipper; Hinze und Kunze; Lenins Tod; Schmitten; Tinka; Guevara oder Der Sonnenstaat; Großer Frieden; Simplex Deutsch.*

Volker Braun gehört als Lyriker, Dramatiker, Erzähler zu den außerordentlichen Autoren der DDR und zu jenen, deren Publikationen und Aufführungen bei uns mit besonderer Aufmerksamkeit verfolgt werden. Im Herbst des vergangenen Jahres erschien mit vehementem Erfolg die *Unvollendete Geschichte:* »Das erregendste und ernsteste Stück Prosa, das in den letzten Jahren in der DDR erschienen ist.« *Rolf Michaelis, ›Die Zeit‹*

Die hier von Volker Braun selbst vorgenommene Auswahl enthält – oft in überarbeiteter Fassung – Gedichte seiner bisher im Suhrkamp Verlag erschienenen Bände (*Vorläufiges,* 1966; *Wir und nicht sie,* 1970; *Gegen die symmetrische Welt,* 1974) und neue Gedichte. Man hat noch den unerbittlichen, direkten Ton, die verheißungsvoll pathetische Geste seiner frühen Gedichte im Gedächtnis, in denen sich der ungebärdige und kritische Optimismus einer neuen Gesellschaft zu Wort meldete. Es war, als hätte sich Majakowski mit Brecht verbündet, als hätten Heine und Enzensberger ihr Land gefunden. In den zwischen 1969 und 1973 und auch in den dann folgenden Jahren entstandenen Gedichten, die erstmals veröffentlicht werden, ist jener ungestüme Ton gemildert, einer nüchternen, aber auch persönlicheren Sprache gewichen. Volker Brauns Entwicklungen, seine Gedichte haben »für Leser in der Bundesrepublik eine irritierende und herausfordernde Faszination«.

Volker Braun
Gedichte

Suhrkamp

Umschlagfoto: Roger Melis

suhrkamp taschenbuch 499
Erste Auflage 1979

Quellennachweis am Schluß des Bandes
Suhrkamp Taschenbuch Verlag

Suhrkamp Taschenbuch Verlag
Satz: LibroSatz, Kriftel/Ts.
Druck: Nomos Verlagsgesellschaft, Baden-Baden
Printed in Germany
Umschlag nach Entwürfen
von Willy Fleckhaus und Rolf Staudt

I

Anspruch

Kommt uns nicht mit Fertigem. Wir brauchen Halbfabrikate.
Weg mit dem Rehbraten – her mit dem Wald und dem Messer.
Hier herrscht das Experiment und keine steife Routine.
Hier schreit eure Wünsche aus: Empfang beim Leben.
Zwischen die Kontinente, zu allen Ufern
Spannt seine Muskeln das Meer unserer Erwartungen
An alle Küsten trommeln seine Finger die Brandung
Über die Uferklinge läßt es die Wogen springen und aufschlagen
Immer erneut hält es die Flut hoch und gibt es sie auf.

Für uns sind die Rezepte nicht ausgeschrieben, mein Herr.
Das Leben ist kein Bilderbuch mehr, Mister, und keine peinliche Partitur, Fräulein
Hier wird ab sofort Denken verlangt.
Raus aus den Sesseln, Jungs. Feldbett – meinetwegen.
Nicht so feierlich, Genossen, das Denken will heitere Stirnen.
Wer sehnt sich hier nach wilhelminischem Schulterputz?
Unsere Schultern tragen einen Himmel voll Sternen.

Hier wird Neuland gegraben und Neuhimmel angeschnitten –
Hier ist der Staat für Anfänger, Halbfabrikat auf Lebenszeit.
Hier schreit eure Wünsche aus: an alle Ufer
Trommelt die Flut eurer Erwartungen!
Was da an deine Waden knallt, Mensch, die tosende Brandung:
Das sind unsere kleinen Finger, die schießen nur
Bißchen Zukunft vor, Spielerei.

Waldwohnung

Die Uferschenkel halten den Fluß, still liegt er
Der Himmel zieht den Tag schwarz in sein Blut
Bis er wegsinkt, nur der laue Wind
Bleibt in den Wiesen aufrecht dunkel fett
Vom Julimahl. Die Disteln warten steif im Gras
Warten krachend, warten, prall
Füllt sich das Moos, komm schnell:
                                        die Betten stehen gut
Weiß sauber keusch an steilen Wänden ohne uns
Wir hängen weit jetzt aus der Stadt heraus
Wie über uns das Gras wild sanft wehrlos
Bäume von Wolken und von Sand bewohnt
Die ersten, ernst und sorglos, Menschen –
Hier den Pfad, den ich für uns erst öffne, niemand
Sonst weiß von ihm schon: geh ihn bis
Der Wald uns eine Wohnung hergibt
Der Baumstumpf Tisch, der Dornenzweig
Biegt sich als Tor über das letzte Zimmer
Jeder des andern Tür, des andern Angel
Komm:
            das Tier mit den zwei Rücken liegt
An Erd und Himmel eingestemmt, vier Beine streckts
Vier Arme schlingts um sich und schützt sich selbst vor sich
Und greift sich an.

Jugendobjekt

Blaßrot ziehn sie die Sonnscheibe hoch über dem Rhinluch
Blaßrot und rund schwimmt sie in der Himmelssuppe
Blaßrot und rund und spät, wenn wir schon wackeln

Wenn wir schon wackeln in der unnachgiebigen Erdsuppe
Wenn wir schon wackeln und schwitzen an diesen lumpigen Handbaggern
Unter der blauen Sonnenfahne, wenn wir schon schwitzen

Eh sie die Sonne hochziehn und für die paar Piepen
Für den versengten Rücken und Dreck im Ohr und billige Blutwurst
Und für getrocknete Felder und Butter, Leute, Butter!

Ja, für Butter, mit diesen erbärmlichen Handbaggern, schaufeln wir
Uns die Brust voll Ruhm und Hoffnung, schaufeln ein Vaterland her
Eh sie noch richtig hochkommt, die Sonne, über den Gräben im Rhinluch

Eh sie noch richtig gelb und bunt durch den blauen Himmel schwingt
Schwingen wir unsere lumpigen Suppenschaufeln unter der Sonnenfahne
Eh sie noch gelb und bunt wie blanke Butter hochschwingt, die Gute!

Flüche in Krummensee

Mittlere Flüche sind schon nach sieben vernehmbar
Gelb hängt einiges Laub an kugligen Bäumen um die Felder
Flüche, fast noch dem Vortag gehörend oder dem Schmerz in
Schulterblättern und Schenkeln, Schlacke des Achtstundentags.
Dann ist es stiller, gestöhnte Scherze nur folgen den Körben
Aus den Furchen über die Wagen ins Dorf, verbissen
Kämpft Mann gegen Mann, um in papiernen Listen
Oben zu stehn bei den höheren Dezitonnen: ehrgeizig geizen
Die an Universitäten reden lernen, mit Worten. Erst als die Sonne
Dreck zu Pulver zerstiebt, als der Gaumen
Saftiger Sätze bedarf und aus der Stirn
Stürzt gesalzen die Limonade, als der Feierabend
Herbeigewünscht wird noch vor dem Mittag – da
Kommen die Flüche wieder. Stärker noch kommen sie
Wenn die Hände zaghafter werden, wenn Fingerspitzen
Einzelne Kartoffeln hochheben aus Krummensees Distelplantagen:
Scharen, kauernd, strecken Fäuste zum Himmel, um
Auszureißen was sie ärgert: Dornen im Fleisch. Und
Die Exkremente des Geistes loszuwerden, fluchen sie
Lauter noch – o Wohltat! Flüche: befreiende
Notdurft der Seele. Und noch ein neuer
Fluch: der Kombine, die ausgeweidet
Im Schuppen verkommt! Aber all das sind
Noch mäßige Flüche, kindische Beschimpfungen, nicht
Ernst zu nehmen. Als aber der Feierabend
Sichtbar wird, doch nicht das Ende des Feldes, und einige
Bauern gehen zum individuellen Getier und zum Bier und
Mehrere Erntehelfer haben nun ähnliches vor: erst da
Werden die Flüche unsäglich. Vielstimmig brichts los, gewaltiger

Eindruck für zeitfremde Leute, Chor aus Spott und
Empörung über
Gelüstlose Gestalten, die nicht das Ende des Ackers
Kennenzulernen wünschen und auf die Uhr schaun, als wäre
nicht
Ihre Stunde gekommen in diesem
Lärmgewohnten Jahrhundert.

Jazz

Das ist das Geheimnis des Jazz:
Der Baß bricht dem erstarrten Orchester aus.
Das Schlagzeug zertrommelt die geistlosen Lieder.
Das Klavier seziert den Kadaver Gehorsam.
Das Saxophon zersprengt die Fessel Partitur:
Bebt, Gelenke: wir spielen ein neues Thema aus
Wozu ich fähig bin und wessen ich bedarf: ich selbst zu sein –
Hier will ich es sein: ich singe mich selbst.
Und aus den Trümmern des dunklen Bombasts Akkord
Aus dem kahlen Notenstrauch reckt sich was her über uns
Herzschlag Banjo, Mundton der Saxophone:
Reckt sich unsere Harmonie auf: bewegliche Einheit –
Jeder spielt sein Bestes aus zum gemeinsamen Thema.
Das ist die Musik der Zukunft: jeder ist ein Schöpfer.
Du hast das Recht, du zu sein, und ich bin ich:
Und mit keinem verbünden wir uns, der nicht er selber ist
Unverwechselbar er im Lieben, im Haß.

Die Augenblicke

Könnt ich die Augenblicke leben, nicht nur den Tag.
Den bloßen Tag, der mir zerläuft
Nicht nur den Fluß des Sommers. Sinkt
Stunden, nicht weg mir unter der Jahre Trommelschlag.
  Und
Könnt ich in dir dich lieben: nicht aller Fraun
Fleisch unter deinem Fleisch. Deine Sprache
Verstehn: im Schrei der Million. Nicht auf dir fort-
Treibend starr zu allen Stirnen und Schenkeln sehn.
Ah alle Sekunden verlassen mich. Nur der Sommer rast ganz
  durch mich.
Und weg fallen die Blätter, alle. Ich reiße
Die Zeit mir her, in der wir uns alle lieben. So hart
Bin ich gegen mich: ich verzichte täglich auf dich.
Und mit dir verliere ich alles, auch mich.

Mitteilung an meine bedrückten Freunde

Ihr denkt, ihr könnt euch auf mich verlassen:
Dem Wahrheitsbesoffnen schenkt ihr eure Sorgen ein
Ich postiere mich auf den Märkten morgens
Handle mittags Prügel ein, die ihr verdient habt, aber
Am Abend bekommt ihr sie wieder.

Am Abend prügle ich mich mit euch
Geizhälsen, die mich mit Sorgen abspeisen:
Und ihr seid auf mich angewiesen, ihr
Habt keine Worte, keinen Schweiß im Nacken, keine
Schwarzen Hände: euch kann man nicht traun.

Ich aber rede
Mit vollem Munde rede, mit
Künstlichem Rebellengebiß, bis mir übel wird
Sorgenschnaps in der Kehle, berauscht
Und mir selbst verdächtig.

Seht, ihr könnt euch auf mich nicht verlassen:
Die Sorgen kleben zuckersüß
Am Gaumen, ich fürchte
Mein Herz mit zu erbrechen, und das könnt auffallen
Und das erschwert meine Arbeit.

Betrüger ihr, die mir ihre Freude vorenthalten:
Ich mache einen Billigen Laden auf.
Gebt euch zufrieden mit dem Preis
Mit dem ich euch taxiere
Für den Jahrtausendschlußverkauf.

Moritat vom Stempler

Mit blankem Schuh, gesteiftem Hemd, beinah
Zivil: der Arm aus Fleisch, die Finger sanft, die
Mütze nur erhebt ihn aus dem Volk und
Was die Hand hält und in diesen fremden
Ausweis eindrückt: der Stempel. Da

Drückt ers in den Paß: *zurückgewiesen* und
Hebt die Hand, höflich, die Finger sanft
Der Arm aus Fleisch, beinah zivil
Und winkt wen her, korrekt, das Hemd
Gesteift, der Schuh blank: schon

Andere Finger weisen die Aus-
Gewiesnen weg, andere Hände
Ziehn sie aus dem Abteil, andere
Worte, wo er höflich schweigt
Machen sie stumm. Er steht noch rum

Wie eine Kerze grade, wie ein Wachs
Glatt und gefügig, das Oberamt
Bog ihm den Arm sanft in den Ausweis: es
Nicht er, schnitt aus dem Gummi Stempel, es
Befiehlt, nicht er, was solls. Er

Hat blanke Schuh, ein Hemd gesteift, steht
Fast zivil herum, der Arm aus Fleisch, wie
Wachs gefügig, wie ein Stempel sanft: er
Läßt sich drücken, seine Spur
Ist vorgeprägt, er ist korrekt.

Selbstverpflichtung

Ich bin für den Wasserhahn. Er tropft so fein. Ah –
Die Lampe leuchtet. Fast kann man was sehn! Und
Die Straßenbahn fährt richtig hin und zurück!
Ich vertrete diese Art der Fortbewegung aller
Künftigen Menschen. Von den Häusern
Fallen die Kacheln selten. Ich bin noch nie so
Getroffen worden, daß es der Red wert wär. Es lebe
Die realistische Baukunst! O
3. Klavierkonzert c-Moll. Beethoven. Ich bitte
Weiteres Komponieren einzustelln. Matter Glanz
Der Kohle! Sanftes Perlen des Schweißes
Unter Tage. Ich bin aus der Ofenbranche.
Wolln wir den Enkeln das Vergnügen vorweg-
Nehmen der Entwicklung rentabler Reaktoren?
Den Chemikern die Chance, fast ohne Kohle
Riesige Plastikwerkstätten am Leben zu halten? Mehr
Bescheidenheit! Sind wir denn jetzt allwissend?!
Erprobte Technologie! Kein Nachdenken mehr
In einer ganzen Fabrik seit dreißig Jahren.
Erfolgreiche Beibehaltung ehrwürdiger Normen. Und
Edler Sport des Sandschippens: dieser traditions-
Gebundenen Kunst der Weltveränderung!
Ich begeistere mich für die großen Leistungen der
Vergangnen Geschlechter. Ich schwöre auf
Die Erfindungen der Steinzeit. Ich
Bleibe beim Leisten, ich Schuster.

Einzug in die Wohnung

1
Auf der Höhe unsrer Erfolge, Bürger
Wandelnd, dem (wer hats nicht irgendwie)
Glück zu, das bei den Hochämtern abfällt
Und bei den Klempnern, in meine
Hütte aus Gips hin, die mir, großer
Erfolg, zugesprochen ist auf höchster Ebene

Seh ich, wenn ich die Augen schließe
Nach des Tags offiziellem Teil
Wenn ich wegtrete von den Trittbrettern, auffahre
Aus den Schächten der Unterbewußtseins-Bahn
Wenn die Geschäfte gemacht sind
(Und obwohl ich euch nachahme, großmütig
Schlamm schluckend aus den amtlichen Flüssen)

Seh ich
Die ganze Niederung vor mir
Der fast vergeblichen Jahre, eure Aussicht
Die auch die meine ist.

2
Was ist meine Aussicht? Das
Was mich fortgehn läßt aus dem Laden vor sich der Händler
herabläßt
Fort aus dem Dienstweg ohne das Stempelchen, aus
Dem Waschhaus unter den Ruß, fort
Aus meinen vier oder vierzig Notwänden
Von der Höhe fort, auf die ich mein Steingut roll
Unentwegt ohne Absehn und nichts sonst
(Außer heut einen Steinbutt)
Von mir, der gänzlich mit mir beschäftigt ist:
Und ich möchte, einem Gedanken nach
Aussteigen aus mir, aber ich hab keine Tür

Was ich nicht wegscheiß, das bleib ich, ich bleib
Ganz der eure, ich halte mich brav
Ich halte mein Maul, ich halte mein Dach
Hoch, da hab ich zu tun
Wie ihr, die meinen Vorgarten feiern, hoch-
Trabend zwischen den Rabatten:
Ich bin abonniert
Auf die tägliche Lüge. Ich packe mich
In gehobeltes Holz und des Sessels
Synthetische Weichteile. Ich liege hier
Im kommunalen Stuck, im Konventionsanzug
In der Einheitssoße, hochbegabt
Mit dem Abraum der täglichen Siege.

3

Dennoch, auf der Höhe dieser Erfolge, Bürger
Weiß ich, was meine Aussicht ist
Wenn ich die Augen schließe
Vor mir, und die Hände knülle
Vor der Brust mit nichts-
Sagender feierlicher Ruhe:
Anzustehn (andeutungsweise gesagt)
Rechtzeitig abzuschlagen das Wasser
Wartend von Notdurft zu Notdurft.

Meine Damen und Herrn

Noch kann ich zurück
Aus meinen Vorsätzen
Noch spiele ich meine Rolle
Kühl, mit großem Abstand
Noch stehe ich über dem Text
Noch ist die Maske nicht ins Fleisch gewachsen
Ich kann nicht mehr abtreten, aber ich hab viele Schlüsse
Meine Damen und Herren
Es ist vieles möglich
Ich kann mich verhüllen oder entblößen, wie Sie wollen
Ich kann auf den Haaren laufen oder noch besser
Auf zwei Beinen wie ein Clown
Entscheiden Sie sich
Noch kann ich meine Worte wenden
Noch kann ich meinen Mund umstülpen zur Trompete
Und Sie in meinem Blick halten wie in einem Strudel
Noch kann ich aus meiner Haut
Aber entscheiden Sie sich
Noch kann ich Ihnen dienen
Also äußern Sie Ihre intimen Wünsche
Sonst müßte ich Ihnen etwas vormachen

Sonst müßt ich mich festlegen auf mich
Sonst müßt ich auf meiner Stelle treten
Und mich einrollen
In meiner letzten Rolle.

II

Die Mauer

1

Zwischen den seltsamen Städten, die den gleichen
Namen haben, zwischen vielem Beton
Eisen Draht Rauch, den Schüssen
Der Motore: in des seltsamen Lands
Wundermal steht aus all dem
Ein Bau, zwischen den Wundern
Auffallend, im erstaunlichen Land
Ausland. Gewöhnt
An hängende Brücken und Stahltürme
Und was noch an die Grenze geht
Von Material und Maschinen, faßt
Der Blick doch nicht
Das hier.

Zwischen all den Rätseln: das ist
Fast ihre Lösung. Schrecklich
Hält sie, steinerne Grenze
Auf was keine Grenze
Kennt: den Krieg. Und sie hält
Im friedlichen Land, denn es muß stark sein
Nicht arm, die abhaun zu den Wölfen
Die Lämmer. Vor den Kopf
Stößt sie, das gehn soll wohin es will, nicht
In die Massengräber, das
Volk der Denker.

Aber das mich so hält, das halbe
Land, das sich geändert hat mit mir, jetzt
Ist es sichrer, aber
Ändre ichs noch? Von dem Panzer
Gedeckt, freut sichs
Seiner Ruhe, fast ruhig? Schwer
Aus den Gewehren fallen die Schüsse:

Auf die, die es anders besser
Halten könnte. *Die Mauern stehn*
Sprachlos und kalt, im Winde
Klirren die Fahnen.

2
Die hinter den Zeitungen
Anbelln den Beton und, besengt
Von den Sendern, sich aus dem Staub machen
Der Baustellen oder am Stacheldraht
Unter Brüdern harfen und
Unter den Kirchen scharrn Tunnel: die
Blinden Hühner finden sich
Vor Kimme und Korn. Unerfindlich
Aber ist ihnen, was diese Städte
Trennt. Weil das nicht
Aus Beton vor der Stirn pappt.
Uns trennt keine Mauer

Das ist Dreck aus Beton, schafft
Das dann weg, mit Schneidbrennern
Reißt das klein, mit Brecheisen
Legts ins Gras: wenn sie nicht mehr
Abhaun mit ihrer Haut zum Markt
Zerhaut den Verhau. Wenn machtlos sind
Die noch Grenzen ändern wollen
Zerbrecht die Grenze. Der letzte Panzer
Zerdrück sie und sie ihn.
Daß sie weg ist.

Jetzt laßt das da.

3

Aber
Ich sag: es steht durch die Stadt
Unstattlich, der Baukunst langer Unbau
Streicht das schwarz
Die Brandmauer (scheißt drauf)

Denn es ist nicht
Unsre Schande: zeigt sie.
Macht nicht in einem August
Einen Garten daraus, wälzt den Dreck nicht
Zu Beeten breit, mit Lilien über den Minen
Pflanzt Nesseln, nicht Nelken
Vermehrt nicht, zwischen den seltsamen
Städten, die Rätsel, krachend
Schmückt das Land nicht
Mit seiner Not. Und
Laßt nicht das Gras wachsen
Über der offenen Schande: es ist
Nicht unsre, zeigt sie.

Wir und nicht sie

Eins könnte mich trösten: wir haben das halbe
Land frei für den Frieden. In den verbrannten
Grenzen, wo das Gras wächst
Liegt es, das seine Zeitungen loben und die Sprecher
Des Volks, mein Land, nicht mehr gefürchtet
Von seinen Bewohnern. Nach dem Jahrhundert
Des Granatenrechts, das wir brachen
Als die Städte brachen, müßt ich, da Freiheit
Bis heut von fern gefeiert war, ihr Lob stärker
Singen als jeder! aber sie tröstet mich nicht.
Denn wer alles auch sagt, uns kümmere nur
Dies halbe, das wir schützen können: ich kenne
Nicht mein und dein vor diesen verletzlichen Ländern
Die kleineren Kriege, die beschreiblichen
Waren. Mich schert
Diese lockere Erde jeglicher Landschaft, die mein Gebein
Befliegen kann schichtweis. Und seis nur eine
Quadratmeile See unterm Raketenschiff:
Oder der Batzen Rhön, fern neben meiner Schulter
Das ist mein Land, das seh ich: und keine Welt
Tröstet mich. Ich versuche es ja, ich halte
Dies Ländchen im Auge, in meinen Händen
Als wenns mir gefiele, und was ihr macht, ich
Mach es, den Beton und den Pudding, ich fahr vom Kap
Zu den Kuppen, ich faste auf Festen, die mit Worten
Den Ruhm des Friedens mästen: es ist da um mich
Klein und lebendig, ich bin dort wie ihr
Mein bebautes Land, zufrieden, nicht schön
Das ein Trost ist, das verletzbare, friedliche
Frei vor den Ufern der Länder! aber es tröstet mich nicht.

Lokaltermin

Hier wie dort die sanften Höhn, getrieben
Aus dem selben Leib. Zu beiden Ufern
Des Blicks der gleiche Halt, Granit
Bezogen von gleichen Himmeln. Wind fällt
Im nämlichen Winkel, kein Unterschied
Bei Krähen und Kraut. Unschuldig der Hang
Am Verhängnis, nicht haftbar
Brücken und Rauch. Der gleiche Schnee
Auf dem Haupt, die Asche.
Aus verwandten Gesichtern die Sprache, ähnlich
Bis zur Kenntlichkeit.
Das alles macht nichts aus.
Die bloßen Höhen erhaben
Über jeden Verdacht, nicht abzuwälzen die Sorge
Aufs stille Tal.

Elendsquartier

Vor meiner letzten Tür liegt
Eine Frau, ich kenne nicht
Dies von Blut schwarze Gesicht
Ums schöne Haus geht, gleich
Hinter den fernsten Pappeln, feist
Ein Mann unter der Maske
Durchs Reisdepot, durch die Arecpalmen
Das Dach dröhnt. Ich steh ruhig.
Irgendwo, in den Besitzungen meiner Gedanken
Brennt es.

Die Übersiedlung der Deutschen nach Dänemark

Aus dem gewöhnlichen Land gelangen sie
Ehe das Gleis schmilzt. Die hellen Waggons
Mit eisernen Ringen an den Wänden fassen
Sehr viele von ihnen, fast alle. Aufrecht
Unter den Beinen die entleibten Rinder
Fahren sie, eh sich über den Masken
Der Himmel öffnet. Kinder, das kleine Erkennungs-
Blech am Hals, rufen noch jene Mutter
Gottes, die für die Fahrt die Lehrer
Aufgegeben haben. Später, als Tag und Nacht
Ununterscheidbar sind, halten die alten
Herrn des Zivilschutzkorps die gewöhnliche Ordnung
Im Gestank. Manchmal nur
Sinkt einer weg unter den Knochen
Einer Sinnlosen. Wie es vorgesehen ist
Erreicht sie der weiße Regen kaum, der stürzt
In beide Meere. Die Bomber, die die großen
Explosionen verursachen, steigen südlicher auf
Dort, vermutlich, war die Heimat, verteidigt
Eh sich ein Feind zeigt. In den Waggons
Die Hände in der Magengrube
Der andern gefaltet, kaum brüllend, den Speckrest
Geplättet an die Planken, fahren sie
Unter lauteren Feuern der entfernteren Heimat.
Ehe das Gleis schmilzt zwischen den weißen Meeren
Eh der Kontinent langsam wegsackt sind sie
Im gastlichen Dänemark, hier sind sie
In Sicherheit.

Vermutung über Hessen

Wenn dein starker Arm es will
Zieht sich zurück aus dem Betrieb
Aus dem Blech: schlägt an die Stirn.
Lehrer drehn zu Tüten ein
Zeitungen. Die Post-
Beamten geben sich selber auf
Gutgläubige falten die Finger innig
Um Knüppel jetzt, Computer spein
Die unbeglichenen Rechnungen.
Schüler pauken auf das Pult.
Wahrheit steht schamlos auf dem Markt
Maurer und Händler Arm in Arm
Streun Proklamationen. Kellnerinnen
Servieren die Banken ab
Der Mehrwert mault in den Versammlungen
Die Posten nehmen Kinder ein
Bis auf weiteres, die Aufsichtsräte gehn baden.
Die Essen halten den Atem an.
Aus Hallen schlägt die dicke Luft
Minister auf die Pisten fliehn
Dampf fährt aus den Hähnen schrill
Alle Räder stehen still:

Verfahrensfrage

(Für Arbeiter und Studenten)

Daß sich die Zunge noch spaltet
So leicht
Daß sich ihr Hirn noch zerrauft in seine haltlosen Fasern
So schnell
Sagen sie sich los vonander
Daß sich die Glieder noch sondern vom blutenden
Rumpf, in linkische Partein
So leicht
Daß sie sich einmal selber zerreißen vom Zeh zum Aug!
So schnell
Gehn sie auseinander unter den Schlag-
Worten des rohen Äthers, geschieden
Von der Gewalt, in alle Richtungen
Und Zweifel

Daß sie sich auflösen ganz
Zersplittert, mit dem Land
In ihre Knochen und die einige
Asche?

Nach dem Treffen der Dichter gegen den Krieg

Was bleibt, frage ich mich, von euern Worten
Keiner sonst hält sie, und das Gedächtnis
Ist sterblich, und das Papier bricht
Einer redet dem andern zu, beide werden begraben
Vom gelben Blatt eh es verfallen ist
Schreibt sich das blanke her, zahllose Neudrucke
Behaupten jeden Satz neu, hohe Auflagen
Retten den Satz des Sokrates, durch den er berühmt ist.

Aber das fragt ihr euch nicht, ist das nicht viel
Was die geduldige Luft trägt, aber ihr redet
Und ruft, wen alles, und an berufener Stätte
Wo jeder Rinnstein großherzoglich-weimarsch riecht: hier
Sprachen schon andere, sag ich, und die
Hatten den Hexameter auch nicht erfunden:
Ist es der Mai, aber ihr fragt nicht, oder weil ihr von weither
Gekommen seid aus unsern finsteren Zeiten
Und aus den fünfzig Landschaften des Kriegs, hier
Sprecht jetzt ihr, wer zählt die Worte, die kleinen
Gewichte, die die Seele auslasten: was
Bleibt, frage ich mich, von euern Worten

Oder von dieses Baums Blüten, aus dem Park
Aus dem Mai, jede Wiese
Geht aus sich, nicht weil hier Goethe ging
Jeder Busch bauscht sich über dem Sommer auf, der Wind
Orgelt in tausend Zeugungsorganen, das wirbelt
Staub auf aus allen Gefäßen – wozu
Der Aufwand an Absenkern, warum nicht, Linde, gelinder?
So große Verschwendung: was schwände
Nicht ohne sie? Ohne Überfluß: wo
Flösse der Fluß noch? Nur was so aufsteht
Setzt sich durch. Nach dem maßlosen Mai, mäßig
Erhält die Natur sich und

Die Menschheit auch. So bäumt ihr euch auf
Und zeigt Blätter. Zahllose, mit euern Worten
Randvoll: was bleibt, aber so
Bleiben wir leben. Mit großem Aufwand
Dies Mindeste. Da ist so viel zuviel, doch weniger
Wäre zuwenig. Denn noch sind wir, redend zwar
Natur. Und wieviel Kraft ist vertan
In unserm Dickicht. Die Gesetze
Die allen den Plan geben und die Tropfen dem Eimer
Sind kaum erkannt und
Fast unbekannt. So fehlt dem Leben die Kunst.

Von Martschuks Leuten

Zuerst ist nur der Wald. Sie schlagen sich
Einzeln zum Fluß durch. Feuer bricht das Grün auf
Zwischen den kleinen Zelten. Eingeschnürt
Schießt das Wasser zwischen Fels und Planken
Sie sitzen im Gestrüppe einzeln, redend
Mit den Wellen. Zufällig hier
Und unbekannt wie lange. In dem kalten
Bett des Flusses – und der Fluß in ihrem –
Grußlos in Decken gerollt. Als der Wald
Lichter ist im Sommer kommen mehr.
Am Seil hängend über der Brühe oder
In Risse des Damms verstiegen, da
Packt schon einer des andern Arm oder ruft
Suchend. Schon kennen sie das Gesicht
Des Nebenmanns: von Lampen weißlich, und
Die Stimme, einzelnes, Zähne gebleckt verbissen
Die Augen zwischen den Wollappen im Frost.
Im Angriff der Stechmücken verwirrt sich
Wieder der Anblick. Sie springen ächzend
In den Wind fort, oder Lastkraftwagen
Kreiseln im Sande, voll von nackten Männern
Wie Tiere brüllend. In einem April
Als der Fluß dröhnend den Panzer sprengt
Und sein Weg versperrt ist im Beton
Und ein Meer ruhig beginnt, entdecken sie
Auf der Mauer jäh: sie sind schon viele.
Immer öfter kommen sie aus dünnern Sträuchern
Vor helle Häuser, welche lautlos in
Die Lichtung treten. Es geschieht zuweilen
Daß sie sich schon am Lachen kennen, frühe
Wenn die Arbeit verteilt wird. Plötzliche
Entfernte Bekannte – in der großen Weite
Unter den Kränen – schrauben die Turbinen
Vor das Wasser. Je mehr sie werden

Desto genauer, scheint es, kennen sie jeden:
Seinen Schritt, und wie er die Flasche
Leertrinkt. Selbst wer nie nach sich
Fragt, anwesend bloß, erfährt von sich.
Zuletzt, unter den Masten, die schwirrend
Tosen wie das Blut in ihren Stirnen
Weiß der von diesem, was er manchmal denkt.
Nach diesem Tag bleiben sie noch für Tage.
Erst als sie sich so kennen, aber trennen
Sie sich am Morgen schweigend auf den Wiesen
Und gehen weiter ins breite Land.

Das Vogtland

Aus den Armen früh, Mann und Frau
Von Tisch und Bett weg schichtweis auf das Land
Auf schmalem Teer täglich
Neben den Pfützen hangzu und hinab
In Sturzdörfer, unser Schritt
Schleudert Industrie hinterm Hügel vor
Die Wasser rot von den Färbern, Wälder umstellt
Von Motoren, das Tal offen wie ein Maul
Qualmend aus zehn Zigaretten
An Webstühle, Drehbänke, Pressentische
Unsre große Stube acht Stunden
An Herd und Pfanne, in der Wolle zu sitzen
Wie die Väter, was das Zeug
Hält,
        das alte
Die kleinen müden Maschinen
Und schleichen in diese Blechbude
Wir Erbschleicher, in den geölten Schrott
Und spulen, spülen und specken, fleißig
Verzettelt zwischen Verordnungen, zähen
Zunftbriefen und utopischen Rundschreiben:
Terra advocatorum, Amtsland
Und das seine Socken verhökert
Für Devisen, und schleppen den Katafalk der Fabrik
Den teuren verblichnen
Ramsch, mit dem wir uns aufreiben
Schichtweis, tüchtige Söhne
Sisyphos',
                bis wir an den Hängen
Verharren, und lassen die Last
Rollen, den Zorn
Ins Tal
Da liegt das zuhauf
Und sehn unsre Aussicht ganz

Einen Fluß, der die Brocken trägt
Im Kessel verschmelzen hell die Fabriken
Und der Fleiß versetzt, schichtweis
Hinter denen das Land lag, die Berge.

Das weite Feld

Die Schädel gegeneinander
Über dem Tisch, verbohrt
Die Finger in den Flurplan, streitend
Mit überschlagender Stimme, Bauern stolz
Beschränkt in ihr altes Gefild, jetzt kommen sie
Aneinander endlich, durchschossen
Vom Bier, und fliegen hinaus
Auf den ganzen Grund:
In den warn sie versessen, den hauen sie
Zusammen jetzt zu *einem* Schlag
In die lappige Landschaft
Wo ihnen was blüht, und wächst gut
Über den Kopf:
                    das langt an die Städte
Heran, und reckt sich
Unter allen Geräten
Bis sie die Flur begehn überall
Und unterpflügen die Raine! aufbrechen
Das Blickfeld! den Finger legen
Auf das Land!

Glückliche Verschwörung

In dieses gelbe Feld, vom Wind versehrt
Mit heller Dünung, komm
Liebste, auf ein Floß
Aus Gedanken, das treibt
Aus dem kalten Tal, in diese Lichtung
Die zwischen uns erblüht, die blaue Schneise
Zwischen sonst und jetzt
In die laß uns geraten:
                                        auf den warmen Stein, hoch
Über dem Rauch, der die Stadt bedrückt, dem Sand
In den Betrieben, laß dich gehn
Auf dem Land, das wir belagern
Aus Lust, das wir einnehmen Elle um Elle
Gib dich hin,
                          wir rufen ihn her
Ins Leben, der mit uns verbündet ist
Der alles erhält
Oder ändert.

Regierungserlaß

Du bist nicht nur gut für die Drehbank, den Dumper
Den Platzkartenschalter: dein Name ist nötig
Auf den Dekreten, deine Stimme erst
Leiht den Gesetzen Kraft. Aber wer hört sie
Wenn du den Stahl treibst und nichts weiter
Wo bleibt sie ab, deine Sache, unbesehn
Vor aller Augen? Schweig du, betäubt
Vom Schichtsoll: und die Schwäche bläht sich
Auf den Sesseln. Schließe die Lider im Schweiß
Und die Macht ist einsam. Dein guter Rat
Ist teuer. Unbesehn nimm
Keinen Ruhm, keine Ruhe: Treu und Glauben
Sind Sprüche auf faulem Holz. Wer wenn nicht du
Der das Öl kippt ins Getriebe und karrt
Und Gas gibt, reinigt vom Unrat
Die Maschine des Staats? du bist gut
Deine Sache zu treiben, vor aller Augen
Wie den Stahl auf der Drehbank, den Pflug
Ins verschlossene Feld.

Lagebericht: Sachsen

Zufriedne Helden schanzen sich in den Ebenen ein
Auf die Schminktöpfe trommeln die Heilskünstler, Lob
Trieft aus den Blättern, jeder Furz klingt als Fanfare
Revolutionäre bitten, den Status bald zu bestätigen
Die permanente Feier verkünden Schaumschlägertrupps –

In den Hallen prüft der Plan die Kraft
Der Brigaden, stärker greifen sie in die Debatten
Über ihren Köpfen. Die Kinder lernen fragen. Forschungs-
gruppen
Kalkulieren kühl die laufende Zukunft. Armeen
Formieren sich in den Taktstraßen zum allmählichen Schlag
Ins Kontor der Geschichte.

Fragen eines regierenden Arbeiters

So viele Berichte.
So wenig Fragen.
Die Zeitungen melden unsere Macht.
Wie viele von uns
Nur weil sie nichts zu melden hatten
Halten noch immer den Mund versteckt
Wie ein Schamteil?
Die Sender funken der Welt unsern Kurs.
Wie, an den laufenden Maschinen, bleibt
Uns eine Wahl zwischen zwei Hebeln?
Auf den Plätzen stehn unsere Namen.
Steht jeder auf dem Platz
Die neuen Beschlüsse
Zu verfügen? Viele verfügen sich nur
In die Fabriken. Auf den Thronen sitzen
Unsre Leute: fragt ihr uns
Oft genug? Warum
Reden wir nicht immer?

Öffentliche Meinung

Ansichtig der großen Vorfälle
In unsern Goldenen Städten
Sage ich, fast verschlagen
Der Atem, also ohne viel Worte:
Daß es da nicht ankam auf
Meinungen
Einzelner Leute, und wer jetzt
Wohl oder übel meint, vieles geschähe
Ohne ihn für ihn oder gegen ihn
Der weiß doch, daß er gar nicht gefragt war und braucht
  nicht reden, wenn er nicht zugleich
Ändern will seinen beschränkten Zustand:
Und auch diese Meinung hier würd ich verschweigen
Wenn sie nicht zielte auf die ständige
Aktion
Der Massen, die ihre Macht ausbaun
Wie Wohnungen auf großem Grundriß.

Landgang

1
Wie weit, in den harten Himmel geschlagen
Kanossas, weit
Bin ich fortgelangt aus meinem Land
Auf den täglichen Dienstwegen, eine Behausung
Zum Beispiel oder zwei Sack Zement
Zu erhalten, in den Schalterstunden
Am geheiligten Dienstag. In des Ufers
Unflat, gegen Abend
Lieg ich, das der Fluß bezog
Mit Kot und Laugen, in den Rosenbüschen
Müde im Mantel, den ich mir umwarf
Vor den Vorzimmern der sorgenvollen
Gottheiten, zu denen ich zähle.
Und ich blicke auf mein Land hin
Im frischen Spiegel aus Schlamm
Das erkenn ich nicht.
Im Fluß, der dunkel wird
Schwimmt sehr fern meine Stadt
Ein weißer Wal.

2
Und ich folge den ganzen Tag nur
Den Bräuchen der Sozietät: wie weit
Müssen hier alle außer Landes sein
Gegen Abend! Immer zwischen den Flüssen
Falten sie, im Schlamme, ihre Glieder aus
Watend bei den Rosen. Und sie sehn
Wie auf weiße Wale
Auf ihre Städte hin.

3

Andere sind weiter fortgelangt als ich
Bis in des Lands andern Teil.
An einem Morgen, nach den Abenden
Hatten sie die Suche nach ihrem Land
Schon aufgegeben.

4

An einem Morgen, jeden Tag
Seh ich ein Land
Über dem blanken Fluß
Die Stadt, unbekannt. Das hier
Wer weiß, mag mein Land sein.
Es ist Mittwoch. Nicht sehr zugetan
All den Gegenständen, mitleidlos, geb ich
Was mich berührt dem Fluß. Die Luft
Dröhnt, die Rauchpfeile verfinstern
Den Himmel wieder. Auf dem Asphalt bewegt sich
Industrie auf Industrie zu. Langsam wächst der Beton
Hell um das Eisen zwischen die Bäume ein. Manchmal
Scheint mir ein Weg bekannt. Diesen
Umgeh ich. Als wär alles neu wähl ich
Unter den Landschaften. Fern
Steh ich, nur mit den Sohlen, im Land.

III

Freiwillige Aussage

Ich lösche die Losung von meinen Wänden
Steig aus den Parolen wie ein Dieb
Auf der Straße ohne Vorsatz, mit bloßem Auge.

Was ist denn mit uns? was bleibt
Von der rollenden Woche, was wird, unter uns
Von den Plänen, Plenen und Konstruktionen?

Ich schlag (mein Beruf) die Schalungen vom Beton
Von der Brust, die Lochstreifen auf in den Schläfen
Die Inschriften in den blutigen Adern:

Was bleibt? unter den Deckgebirgen
Der Verheißungen, kühl und wirklich das Leben
Die Mühe, die Lust, der kalte Kaffee.

Die Schuppen falln von den Bauplätzen, von den Augen
Eine Arbeit räumt die andere weg
(Der Streit, die Aufgabe, die Blumen, die Wäsche)

Die größere Mühe, oder was sonst bleibt
Und zwischen uns kräftig wird: der winzige
Unterschied zu den andren Tagen, die Freude.

Die Austern

(Für Alain Lance)

Ich lebe nicht oft wirklich, du seit Stunden
In meiner Küche brichst die eingereisten
(Mit viel Papieren) Austern auf, und mit
Schmerzender Hand in dem Plasteschurz

Singst du. Und die Wolfs, an nichts mehr
Denken die da als ans Fressen, was sie
Wie alles, gründlich tun. Das sind noch Menschen.
Und ich, mit viel Zitrone, betäube

Die nackten Tierchen erst und meinen Gaumen
Und schlucke mutlos, während du zwei Dutzend
Schlürfst mit Wollust und Ekel, diese kleinen
Fotzen der See. So, sage ich nun, das

Leben zwischen Gier und Abscheu
Zergehen lassen auf der Zunge, ja.

Schwierige Forschung

An meiner Seite nachts
Geliebte, berührt
Nur mit der äußersten Haut
Nicht in deinen Fasern find ich
Nicht der Biß legt es bloß, das ich suche
Nicht auf den dunklen Grund
Geh ich dir, wo ein fremdes Gras
Wächst und blüht, kaum erreichbar noch
Meinen plumpen Schritten. Wo ist der Gang
In diese Tiefe, der Blick woher
In dies versiegelte Feld? Ich suche
Und grabe mit meinen Händen und Rippen
Nach dem Schatz, den es geben muß
Den ich finden will, und immer und immer suche.

Im Ilmtal

Den Himmel verwildert der Sturm
Voll Wolken grau, das Feld
Ist dunkel am Tag, mein Sinn.

In der gebauten Natur
Geh ich allein, und den Wald schüttelt er
Wie meine Fäuste möchten die steife Welt.

Einmal lebte ich so, freudig
Mit den Genossen. Gebraucht
Zu ändern Flüsse und Städte allmählich
Und die ich brauchte.

Auf die Wiese schwärzer tritt, *lieber Fluß*
Schlage, wie einst einem andern hier
Die Worte aus meiner Brust.

Und ich kannte sie lange, die Tage
Füllte Arbeit zum Rand
In die Nacht ging das laute Gespräch.

Aufwälze, Fluß, den dunklen Grund;
Ich kann nicht leben ohne die Freunde
Und lebe und lebe hin!

Und nicht langt mir, nicht ruhig
Macht nun der eine mich;
Nicht glücklich kann ich verschließen
Mich mit ihm vor der Welt.

Bäume dich, in den befestigten
Ufern, reiß dich los
Flüßchen, gib so, gib den Gefühlen deinen Raum!

Zu den verstreuten, tätigen
Gefährten, wer es auch sei, muß ich kommen, und nie
Verlassen den großen Kreis

Und was ich beginne, mit ihnen
Bin ich erst ich
Und kann leben, und fühle wieder
Mich selber in meiner Brust.

An Friedrich Hölderlin

Dein Eigentum auch, Bodenloser
Dein Asyl, das du bebautest
Mit schattenden Bäumen und Wein
Ist volkseigen;
Und deine Hoffnung, gesiedelt
Gegen die *symmetrische Welt!*

Aber die Früchte, wer soll sie
Die Fässer aussaufen, nehmen
Dieses dröhnende Feld?
Die eisernen Reifen, wie
Fallen sie von meiner Brust
Wenn sie sich weitet?

Nicht träge
Sind wir geboren, Mann, dein *Gott in Stahl gehüllt*
Geht unter den Werktätigen:
Bis doch zu eingeborenem Brauch
Wird, was uns guttut, und
Brust an Brust weitet sich so, daß sie aufsprengt diese
eiserne
Scheu voreinander!

Letzter Aufenthalt auf Erden

(Für Pablo Neruda)

An seinen laubigen Zaun, in der Dunkelheit
Klammern sich Kraken, fallend aus Tanks
Auf seinen Treppen hocken, schwitzend vor Dummheit
Die geheimen Schaben der öffentlichen Ordnung
An den Telefonkabeln wie wuchernder Rotz
Die Ohrmuscheln der Miliz, unter seinen Bäumen
Die Gewehre im Anschlag, warten Kadaver
Unsterblich in ihrer Schande, in spanischer Angst:
Aber in seinem umzingelten Zimmer der Dichter
Sagt, das ist sicher wie nie sein verbrennendes
Leben mehr, die tödliche Wahrheit.

Au Rendez-vous international

Dieses Lächeln aus unsern verbrüderten Augen
Diese unaufhörliche Strömung
Lächelnder Blicke, übertreffend die sanfte
Strömung des Sommers!

Als kämen wir nicht aus finsteren Zeiten.
Kennen wir nicht die Schrecken
Von Angesicht, und die Schreie
Wurzeln sie nicht in unseren Lungen, die bleiche
Ohnmächtige Wut:
Fährt sie endgültig aus unserer Haut?

Aber wir gehen lächelnd
Aufeinander zu, kaum daß wir uns erblicken:
Eine entschlossene, eingeborene Freude
Trommelt,
                    ein unschuldiger
Leichtsinn, der in den Gedanken schlief
Öffnet unsere Arme.

Als wüßten wir nicht, wo wir leben.
Als wär es entschieden, ob gedankenlos
Oder mit Blitzen
Die Zukunft aufbricht:
                                        und schon dieses Gelage
Der Sätze, das anmaßende Blühn der Lieder!

Und diese Umarmung
Der Völker, auf offener Straße, in Trance
Der Tänze, und die bedenkenlose
Fleischliche Liebe der Farben, diese besessene
Brüderlichkeit.

Welch Augenblick, einer anderen Zeit
Zwischen den Kämpfen.

Aber die gewaltige
Die uns so verbindet
Erwartung
Aller *stillen Vietnams!*

Gdańsk

Meine mögliche Heimat
Deren Milch mich nicht wusch
Die habe ich nicht verloren:
Hier lande ich glücklich an
An Portalen und Spindeltreppen
Quer aus kaschubischer Kornsteppe
In die Langgassen, und lege ankernd
Meine Glieder in die steinernen
Höfe

Wo die Schmalhäuser ragen
Filmkulissen, unwirklich
Vor dem blassen Himmel, die berühmten
Giebelketten fabrikneu en gros
Um den Hals der Stadt montiert
Koloriertes Märchen –
Welche Laute hier, welch Volk
Von Prinzen und Segelstickern
Und woher die verwunschene
Küste geschwemmt?

An den alten Fleck:
Rechtstadt, Fischmarkt, Königlicher Weg
Gegen das aufräumende Meer
Gebaut mit Zartsinn
Der Welt vier schönsten (Humboldt)
Städte eine, Danzig, deutsch
Bis in die Schlüssellöcher, sich selber
Aus dem Gesicht geschnitten, unglaublich
Und steinhart:

Gdańsk. Und hinter den Wänden
Seh ich, selber betroffen
Zerschmettert alles, und laufe
Zurück in den rauchenden Schutt, Feuer
Auf meinen Händen, im Nacken
Schüsse, unter den Knien der Donner der Küste.
Und die Front schließt sich um meine Brust.
Und Wand um Wand stürzt die
Stadt in die Geschichte.

182 Männer
Major Henryk Sucharski
Vergraben in die Westerplatte
Zerbombt sieben Tage, länger
Standhaltend als ganz Polen, gegen die
Grölende Stadt. *Wenn doch*
Rückkehrte unsres Sarmatiens goldene
Zeit! (König Zygmunt August-Statue.
Zerschossen.)

Und die Fassaden wirklich
Und leuchtend, seh ich, gebaut
Gegen die aufräumende
Zeit, mit Zartsinn
Von herlaufenden Polen. Die haben sich
Den Fleck erworben endlich
Eine Heimat

Möglich für manchen und mich.
Ich gehe plötzlich
Am Grunde des Märchens
Das ich sage, in der zukünftigen Welt
Aus Arbeit vieler. Jedem gehörig
Ihr Glanz, und lege die Hand an den Stein
Und die Glieder in die schattenden Zimmer
Und rede zu vielen
Mit einer männlichen Freude.

Der Lebenswandel Volker Brauns

Ich bin an einem Sonntag geboren und verfolgt
vom Glück:
Nicht zerborsten unter den Bomben, nicht ausgezehrt
Von den verschiedenen Hungern.

Im fernen Geifer des Äthers, dem Haß
Bin ich nicht erstickt, noch vom Qualm aus den
Bücherspeichern
Dem feigen Sud der Kanzlein.

Ich wuchs an der grünlichen Grenze auf zwischen Stadt
und Land
Die langsam zerbricht unter unsern Gliedern
Und teile meine Zeit zwischen Disteln und Kompressoren.

(Das alles gehört mir, solange ich denken kann.)

Glück, sage ich, ich weiß wie das seltene schmeckt.
Ich habe Landschaften aufgeschlossen und durchwalkt,
ich sah die Äcker Sachsens
Zusammenwachsen und wüsten Fabriken.

Ja, ich kann von Glück reden, die Gemetzel sind fern.
Nur bis an die Haut treffen die Schläge mich.
Ich weiche nicht aus und brülle, ihr hörts, ohne
Scham.

Und ich ahne, versessen in meine Provinz
Daß hier der Welt ein Beispiel geschieht an Milde
An unerbittlicher Milde, an milder Entschlossenheit.

(Das braucht den langen Atem Millionen ruhiger
Lungen.)

Aber ich sehe, zum Glück, daß alles das wenig ist
Und mein Tag nicht gefüllt zum äußersten zarten Rand.
Die Arbeiten meines Lands sind jetzt klein.

Wie gleiche ich ihm! meiner Wünsche heiterste
Sterben. Zu fern voneinander blüht unser sanftes
Gehirn.
Und was sage ich schon. (Was hab ich zu sagen?)

(Doch meine Genossen hinter den östlichen Grenzen
denken wie ich.)

Mit vielen lebe ich, und liefere meine Sätze.
Was sind wir allein, sage ich. *Was soll die
Versessenheit?*
An ein Land nur verschwend ich mich länger nicht.

Und ich gehe nicht mehr gelassen unter den weißen
und bräunlichen Stämmen
Die auf Umwegen krauchen ins mehr oder weniger
gelobte Land
Verschieden geschieden oder sich mit Stahlrohren
verschweißend.

(Ja, ich sage: in dieser Schlacht zueinander ist
jedes Opfer nur recht.)

Ich, gemodelt aus vieler Geschlechter Stoff
Die ich in mir spüre, einer gemischten Gesellschaft
Fortsatz
Mit gemischten Gefühlen harre ich meiner Entschlüsse.

Für einen Augenblick im Dämmer seh ich meine
  Schienbeine glänzen
Wie Totengebein, und ich liege abwesend von mir
Und ich frage mich, ob ich zuviel nicht rede

Zuviel nicht rede für unsern Kopf und Kragen.

Landwüst

Natur, wie zieht mich, mit grüner Schlinge
Das Blühen an, das Lodern
Des Winds auf den kahlen Kuppen
Und die harten halten mich, die verbohrten
Kirschbäume, auf den Schiefern!

Aber ich geh
In die Wälder, wo sie am dichtesten sind
Auf die gelassene Erde
Und seh sie gedreht und gewendet
Von Hand, und der Hang menschlich
Bestanden mit grüner Erfahrung.
Noch unter dem Dorf
Unter Brachdisteln und Fladern verschollen
Spür ich ein Dorf
Meiner Vorvoreltern Schlag
Und aufgebrannt der Welt ein Fleck
Zum Leben.

Und der Berg, herzieht der mich: abgerichtet
Für Galgen. Fingerhut
Welch blutiges Rot! Den harten Zügen
Folge ich, in der Gegend herum, Haufen
Leichnamen der geschlachteten Bauern.
Eisern noch
Strahlt der Morgenstern hier. Und ungestalt
Scheint alles Leben, wild
Und unbetreten die Tage.

Natürlich bleibt nichts.
Nichts bleibt natürlich.
Die Signale wachsen grün, die Weichen
Der Äcker. Ich, der Nachfahr
Lauf über die grauen Entwürfe

Ohne Geduld. Langsam
Steigen die Stallungen herauf
Zu den Burgen der Silos, Traktoren
Traben unter den Peitschenlampen.
Ich geh, in diesem Dorf
Mit zureichendem Grund
Aus mir heraus.

Wirtsberg
Rundblick 360 Grad
Der volle Winkel der Zukunft: gefüllt schon
Ein Streif.

Die Industrie

Der Fluß, an dem ich lebe, trocken gesagt
Die staubige Spur der Steine:
An ihren Ufern grünte uns wild
(Sozusagen) die Zeit; in den Gruben
Bauten wir uns auf, bis an die Brust
Eingeplant und vernagelt
In die Gerüste –

Und entwarfen die Gegend, hin
In die Zeitungen, den glänzenden Aufriß:
Schornsteine
Weiß wie die Glieder in das Loch
Des Himmels, die Liebe
Das Einmaleins, das in die Brüche geht
Und das Gevögle der Kunst
In den Ästen:

In der mitteldeutschen Ebne verstreut
Sitzen wir, hissen Rauchfahnen.
Verdreckte Gegend. Glückauf
Und ab in die Wohnhülsen. Die Brüste der Frau
Haltegriffe in der Schnellbahn
Schlaf. Die Sonne, oder sagen wir:
Regen pißt auf Beton. Mensch
Plus Leuna mal drei durch Arbeit
Gleich
Leben.

Und die andern Flüsse, liebliche Elbe
In der Lößnitz unter unsern
Rücken der Wein gepreßt, und weiße
Sommerbäume am Knie
Der Donau – nur an der Haut fließt
Das Wasser, die Rosen
Rasch, und fern

Von dieser Spur, in der ich krieche
Und ihr
Eingekesselt (laßt den Dampf ab)
Und uns ausfüllt, und auslaugt!
Und sehn einander kaum und
(Antrag: Beschränkung der Redezeit.)
Suchen uns doch nur dort wo
(Angenommen.)
Das herreißt hinschleudert schießt
Aus dem Boden, unsere Arbeit!

Gleich
Leben, gleich!
Ich habe nur noch wenige Sommer.
Und aus den Rippen fühl ich sprossen
Die Arme
Und die ganze Haut
Greift nach den Freunden
Und was mein Mund umschreibt auf deinem, Geliebte
Was kommt kommt kommt!

Daß sich unsere Spuren
Treffen (ich sehe es), ein Netzwerk
Auf das Land
Ein Meer
Sozusagen
Das kommt. Und die Ufer alle in unsern Brüsten
Betritt es mit seinem Schlag.
Schlag das Buch zu.
Die Kunst beginnt erst
Wirklich.

Das Eigentliche

Während wir selbstsicheren Affen
Uns auf den Bildschirmen feilhalten
Wissen wir kaum, was wir eigentlich wollen:
In unsern Redensarten, Freunde
Kann der Sinn nicht ganz liegen.

Während wir magere Daten speisen
Während wir Pläne basteln aus dünnem Papier
Während wir uns an die Linie halten
Wissen wir kaum, was wir eigentlich machen:
Was wir herbeizitieren
Wird uns nicht mehr gleichen.

Wir wissen es kaum, aber eigentlich
Geht es uns nur um das
Was wir umbringen mit vielem Getue
Was wir zuschütten mit grämlichem Eifer
Was wir vergessen in aller Eile
Was wir scheuen wie eine Freude.

Undiplomatische Äußerung

Was eigentlich noch
Mutet man mir zu und soll ich aushalten
Ohne aus der Haut zu fahren
Schamrot?

Was alles
Soll ich vergessen, zu dem
Was ich gar nicht erfahre aus den verhungerten
Und höchst eigenen Berichten!

Was soll ich noch
Hinnehmen als ruhmreiche Strategie:
Oder erklärbare Taktik:
Oder als Witz?

Das Lachen ist mir vergangen.

Ja was denn noch
Ohne daß ein zynisches Wiehern
Meine Lungen erschüttert
Oder mir übel wird und ich ganz
Das Bewußtsein verliere!

Was noch
Außer auf offener Zeitung
Begegnen zu müssen dem unverhohlenen Grinsen
Dieses General Franco?

Kontinuität

1
Während wir beinahe gekonnt
Um die Ecke biegen, erklären wir ruhig
Daß wir die Richtung beibehalten.

2
Bei all den schönen Schritten nach vorn
Behaupten wir standhaft unsre Position.

3
Ohne mit der Wimper zu zucken
Nicht mal augenzwinkernd
Wechseln wir die Sachen
Und bleiben bei unsern Begriffen.

4
Wir lernen dazu
Was wir immer gewußt haben.

5
Die *Linie,* sicherlich, ist eine Gerade:
Die kürzeste Verbindung zwischen zwei Epochen.

6
Wenn wir uns also merklich ändern
Soll es doch niemand merken.

7
So verändern wir, vorgeblich unverändert
Die Welt, die es braucht.

8
Und es wird sich daran nichts ändern
Bis eines schönen Jahrhunderts
Fragt mich nicht wie
Der Kommunismus ausgebrochen ist.

Hinlängliche Erfahrung

Was hab ich damit zu schaffen?
Ich bin ein schmaler Raum
Wie soll ich das Blut der andern
Fassen? Das Freudige hab ich erfahren:
Das Gras, den Wind des Don. Regen
Schlug durch die Bretter in den Nacken
Und am kalten Feuer, nachts
Redeten sie sich voraus
In die Stadt: *die werden wird*

Abschwörend
Den andern, den fünfundzwanzig
(Was hab ich mit ihnen zu schaffen?)
Im umdrahteten Schnee. Die standen lächelnd
Kant Brot in der Hand, fertig los
Ins Weglose stapfend. Nach zwanzig Minuten
Am Ufer steilab des Flüßchens
Die Salve, und einzelne Schüsse
Fernhallend (sagt man).
Immer voran!

Was weiß ich? oder was wußten
Die Bauleute
In der Steppe, blühnd gegen die Glut
Des Sommers! die Arme hingen
Wie Beton, verdorrt
An der Schaufel. Die Fundamente
Klafften, geschüttelt, das Fieber
Aus dem Schmutz fuhr in die
Knochen
Lähmend.
Und sie blieben sich treu

Und verrieten schweigend
Die andern, die in Workuta
Ihr Säckchen sackten, vierzig Mann
Schwächliche Schwerstarbeiter, leer-
Geschlagen der Bauch
(Das ist kein Witz aus Odessa)
Auf den Wagen die Kraftlosen starr-
Sinnig singend. Eine halbe Stunde
War schön. Und Schüsse im Schnee
Hier lagen sie
Schwarz auf weiß.

Und die Stadtbauer
Schwer atmend, krochen
Aus den Zelten, fern vom Schuß.
Taumelten
In die Schlacht gegen die rasenden
Stunden. Und schlugen die Wälder auf
Unter den Händen gesteinigt das Geviert.
So lebten sie her.
Und pflanzten erstes Grün.

Das wußte ich schon. Im Weglosen aber
Täglich die Schüsse, zwanzig
Dreißig vierzig. April
Die Tundra färbte sich mild.
Einmal waren es hundert.
Aus Lautsprechern nachts grölende
Kommuniqués. In den Baracken die
Geschloßnen Munds, sangen
Die Internationale.
Das erfuhr ich später

Da welkte, unter der Haut
Das Gras des Vergessens, entzündbar
Von raschen Gedanken.
Die Stadt steht. Die Bauleute sitzen
Am Tisch und löffeln die fette Suppe.
Ich weiß, ich weiß. Ich trinke mit denen
Die leben. Und das Blut
Staut sich, und färbt meine Worte
Schwarz auf weiß.

Die Morgendämmerung

Jeder Schritt, den ich noch tu,
reißt mich auf.

Karl Marx

1
Was hat er uns abgenommen
An Mühe, der schwammige Herkules
Diese zwölf mal zwölf
Übermenschlichen Arbeiten: die Wühlerei
In der *ökonomischen Scheiße*
Das Tappen im Dunkeln der Systeme
Mit *beständigem Zeitungsschmieren*
Und der Abstieg in den Hades
Of Soho Square, *mit dem kleinsten*
Dreck gequält, und vom Kopf auf die Füße
Das Denken gestellt, und diese Nächte
Für ein *Ereignis von Konsequenzen!*

2
Was hat er uns abgenommen
An Härte, der staatenlose
Diktator seiner Redaktionen und Töchter
Diese *wahre Ironiewut* auf die biederen
Geistigen Stinktiere hier in Preußen
Die kurzlebigen Freundlichkeiten
Den lebenslangen Hochverrat
Und das *Drücken auf den Beutel* von Frederic
Höchst ekelhaft, und die Grausamkeit
Gegen seinen schwindsüchtigen Leib
Um *die Sache an der Wurzel zu fassen*
Die der Mensch ist!

3
Aber was hat er uns überlassen!
Welchen Mangel an Illusionen.
Welchen weltweiten Verlust
An sicheren Werten. Welche verbreitete
Unfähigkeit, *sich zu unterwerfen!*

Und wie ausgeschlossen, unter uns
Nicht *an allem zu zweifeln*. Seither
All unsre Erfolge: *nur Abschlagszahlungen*
Der Geschichte. Dahin die Zeit
Sich nicht *hinzugeben an die Sache*
Und wie unmöglich, nicht ans Ende zu gehn:
Und es nicht für den Anfang zu halten!

Allgemeine Erwartung

An diesem Arbeitstag frage ich mich
Unerwarteterweise, in einer Halle
Die vor Hitze flirrt, daß ich die Hände verwechsle:
Was erwarte ich noch von mir
Oder von euch? Beschäftigt
Mit diesen beseßnen Maschinen
Diesen angeeigneten Griffen
In die jeweilige Zukunft, frage ich mich
(Den ich womöglich verwechsle): was wollen wir noch
Über die harten Pläne hinaus?

Das kann nicht alles sein.

Die Maschine läuft. Ja was denn noch?
Zwischen den Schichten der abgestandenen Arbeit
Während die Hitze auf den Schädel schlägt
Diese bohrende Frage: na was?
(Was ist mit den Ventilatoren los?)
Das frage ich mich, der seine Hände
Wie gesagt, nicht mehr auseinanderhält, mich was noch!
Dem ohnehin flau ist
Ganz abgesehn davon, daß er sich selbst kaum versteht
In dem Lärm, oder Zeit hat, sich zuzuhören
Oder zu zaudern, der seine Maschine, womöglich
Auf Hochtouren laufen läßt ohne Halt, um den Plan
Zu bringen zu bringen zu bringen!

Das kann nicht alles sein.

Das ist doch etwas! Was will ich mehr?
Ich Selbstausbeuter, Hennecke, inoffizieller
Held der Arbeit, die eine Sache der Ehre ist
(Die Ventilatoren sind ausgefallen!)
Ich, der schweißtriefend die Ausfallzeit senkt

Und den Stromverbrauch oder den Krankenstand
Der, materiell angereizt, die Initiative ergreift
Der das Volkseigentum vor sich schützt sowie mehrt
Womöglich, der sich Gedanken macht und den Schritt
Vom Ich zum Wir, der den Bitterfelder Weg
Nicht mehr Bitterfelder Weg nennt, doch im Prinzip
Weiter geht, und voll Vertrauen, und an der Seite, und,
wie gesagt, im Prinzip
Vorwärtsschreitet, wobei uns der Wind
Nicht ins Gesicht bläst, falls wir die Dokumente richtig
Auswerten und, womöglich, auch lesen
Und Stellung beziehen am Arbeitsplatz
Wo es nicht zweiunddreißig gibt
Sondern nur eine, an dieser Maschine
An der ich mich frage:
Was können wir weiter tun?

Was erwarte ich noch von mir?
(Das kann nicht alles sein.)

In dieser Hitze, in der ich die Worte verwechsle
Oder vergesse, aber nicht meine Pflicht
Und, abgespannt, alle Kraft anspanne
Und dem Nebenmann, wenn sein Aggregat havariert
Zur Seite stehe, wo sonst, und eine Seite
Im Buch der guten Taten fülle
Unerwarteterweise:

Schon das (was nicht alles sein kann)
Ich hätte es nicht gedacht
Von mir und meinen bedenklichen Brüdern
In diesem besessenen Land.

Das nicht, daß ich unter die Arme greife
Nicht unter den Rock! Und nicht einmal
Sondern ohnehin, womöglich, weil ich nicht mehr anders
kann
In diesem Betrieb! Dahin bin ich geraten
Was also soll ich noch?
Da wir jetzt, am Ende der Schicht
Nicht etwa abziehn und verdampfen
In dieser Hitze sondern zusammenhocken
In der dröhnenden Halle, um eine Lösung
Zu finden zu finden zu finden

Und die neueste Neuerung
Wir Neuerer! Das kann nicht alles sein
Aber das ist, und das ist etwas, wenn ich es nicht
verwechsle
Und im allgemeinen, und in anbetracht unserer Lage
Und in der Hitze! Daß wir es sind
Die dieser Betrieb nicht kaltläßt, und diesen
Hintersten Vorgaben nachgeben
Auf alte Weise, wenn es um das Neue geht
Oder auf neue Weise um das Alte, oder stur
Oder als Staatsbürger in einer Richtung rasen
Bis die umkippt! Und in die Irre laufen
Einer Losung nach, die zu hoch hängt
Um sie zu prüfen, und kurz, wie die Eichhörnchen
Denken die längste Zeit, und die Beschlüsse
Begrüßen oder nicht mehr wahrhaben wollen
Womöglich, bis wir unsern blinden Glauben
Ablegen wie pampige Zeitungen
Und fragen: was eigentlich ist zu erwarten?

Und am Abend, nach diesem heißen Tag
Sehe ich ein
In etwas Hingestrecktes, mein Leben:
Eine beschlossene Sache.

Das kann nicht alles sein.

Am Abend treffe ich andere Leute
Aus anderen Ländern, die ich womöglich verwechsle
Aber macht das was? Aber was soll ich machen?
Mit denen ich solidarisch bin beziehungsweise
  unverbrüchlich verbunden!
Mit denen ich eine gemeinsame Sprache spreche
In allen wesentlichen Fragen
Zumal ich ihrer Sprachen nicht mächtig bin
Mit denen wir wandeln, während die Hitze nachläßt
Und verhandeln, oder stellvertretend, oder im Auftrag
Einig werden, eh wir noch wissen worüber
Noch wissen, ob wir das wissen dürfen
Zum gegenseitigen Vorteil, für den wir
Sogar an den eigenen denken, und, falls uns die Hände
Nicht gebunden sind, uns an die Stirn schlagen
Fragend: was wir von uns noch erwarten?

Obwohl das so ist! Und obwohl ich kaum sagen kann
Was ich eigentlich meine, oder ihr!
Und kein Plan und kein Plenum und keine Stadtauskunft
Mir sagen kann, was wir im allgemeinen
Erwarten!

Aber die Erwartung ist groß
Denn das kann nicht alles sein, an diesem Tag
Und in der kühleren Nacht

Und unter uns, geschweige denn allen!
Obwohl ich den ganzen Tag dafür gebe
(Oder deswegen)! Denn was wir uns geben, womöglich
Ist erst der kleine Finger
Und nicht die Hand.

Und das reicht mir beileibe nicht
Was wir miteinander machen
Das läßt mich noch kalt
(Oder ist es der kühle Morgen vor der Schicht?)
Das Schwitzen, ohne Besinnen

Auf etwas anderes, das uns nicht fern ist
Das wir oft spüren, ohne es ganz zu fassen:

Wie diesen Morgen, wachsend
Von einem Land zum andern wie unsre
Bewegung, die uns verbindet
Wenn wir sie beherrschen

Was es, womöglich, ist
Das ich erwarte, von mir oder euch
Oder das meiste davon

Das ich verwechseln kann
Aber erwarte, den ganzen Tag
Bis in den Schlaf
In dem ich nichts frage, doch abgründig weiß:
Das meiste
Ist noch zu erwarten.

IV

Der Stoff zum Leben

I sat upon the shore
Fishing, with the arid plain behind me
Shall I at least set my lands in order?
Eliot, The Waste Land V, 423–425

Material I: Wie herrlich leuchtet mir die Natur

Woher soll ich es nehmen
Wonach ich verlange
aus diesem Sommer?
Aus der Luft
Die weich die Abende füllt, den Gerüchen?
Wonach meine Lungen röcheln, meine inwendige Haut
Zittert und sich winden meine Gedärme
Aus den Rippen schneiden? aus den Morgenröten?
Dem Stoff woraus die Träume gemacht sind?
Wie wächst mir das
(ein wüster Garten hier
der auf in Samen schießt)
Wonach die Dichter schrein in ihren Tiraden?
Und wie die Risse stopfen, die Niedertracht
Die mich bedecken? woher
Die Nachricht, die in meine Zellen dringt
Aus den Wiesen? aus den Gewittern?
Wie herrlich leuchtet
Mir die Natur
Wie glänzt

Die Sonne in den städtischen Bächen voll toten
Geländern und der Asphalt sag ich dir! zerfließt
In der City hinter den Herden vor den Unter-
Führungen über den Goetheplatz unter den S-Bahn-
Brücken

Über den Sommer: sie taumeln wie angeschlagene
  Boxer
Mit triefenden Schulterblättern und umarmen
Den kühlen Beton in den Pißhallen: o Mangel an
Blutlosen kalten Lebewesen mit denen man ficken
Könnte ohne zu lächeln zu denken oder auch nur
Gedankenlos zu reden aber so! die Fahrkarten in die
Stanzen zu stoßen und historische Kirchen ein- und auf-
Zunehmen zu trinken in dünnen Gebüschen und schnaufend
Sage ich in Schächten verstehst du in Rolltreppen
Voll Hunden und zerfließenden Jungfrauen die sich selber
Aufbohren mit ihren entschlossenen Schlüsseln und wie
  gesagt
Im Asphalt zu versacken verbissen in den Prospekt
Des Sommers sich wütend des Lebens zu freun!

Wie rette ich mich
Vor diesem brausenden Nichts, das aus den Wiesen steigt
Diesem überdrüssigen Licht, diesem Sommer?
Woher nehmen
          und nicht stehlen
Was mich leben läßt
Ich weiß nicht wovon ich rede
                Geh aus
Ja wohin?   *Geh aus mein Herz*
In welche grünliche Schwemme *Und suche Freud*
                In dieser lieben Sommerszeit
                An deines Gottes Gaben
Lalala
    und *wie herrlich leuchtet mir* überhaupt
Und so weiter

Als Kind fraß ich nachts
Auf dem Klo Zeitungspapier, aber noch schlimmer
Später las ich die Zeitungen und empfand die gleiche
Papierne Wollust; der Jüngling und seine Mutter
Auf der Parkbank, sie lächelt, er liest, sie sieht in die Bäume
Auf der Museumsinsel, er frißt die Seiten, sie lächelt
Ihm ins Gesicht, er weiß es, er blickt nicht auf
Aus den Leitartikeln und rostigen Rezensionen
Die Glocken donnern im Dom ihr Grabgeläut
Und wahrlich ich sage euch, *wie herrlich leuchtet*
Mir die Natur, die Intensivierung, das Hauptkettenglied
Vor dem Museum (oder ist es ein Bild darin?)
Sie lebt die köstlichen letzten Stunden, sie lächelt, er
liest.

Oder am Meer für harte Währung sie lagen
Auf den Klippen (inclusive)
woher
Aus dem Wasser? dem Salz? woher nehme ich es
Oder mich, wenn ich nicht bei mir bin
Was fällt mir ein
Mir zu Gefallen und euch, was haben wir denn
Miteinander? Was weiß ich
unter den Dattelpalmen
Im volkseignen first-class-Hotel, der dicke Engländer
Wie eine Meduse im grünen Wasser reglos
Die Arme erhoben schreit *help!* die Fluten
Heben ihn auf und ab, man liegt auf der Luft-
Matratze taub und starrt auf den alten
Blödling, er saß mit nacktem Nischel unter
Der exklusiven Sonne, er gurgelt *help help!*
Mit vollen Mägen auf den bezahlten Pritschen, er taucht
Unter im Sud, ein Schauspiel, es klingt wie *help help!*
Man könnte man muß man spricht andere Sprachen

Man kennt sich nicht, man muß die Ausrüstung schonen
Das neuaufgetragene Öl, er ist weiß und dick
Er sinkt gar nicht weg obwohl er röchelt, die Adria
Hat große Wogen, zwei Meter (es gibt auch Haie)
Er klatscht an die Klippen lautlos im Sommer das Meer
Help help help help help

Material II: brennende Fragen

Früh um fünf im *Train Bleu*
Zwischen den schwarzen leeren europäischen Hügeln
Der Mann und die Frau, seine Hand an ihrem Leib.
Die Dämmerung rollt in die nassen Wiesen
Ihre Körper gleiten auf den Schienen nebeneinander
Und berühren sich auf dem Schotter rasche Masten
Plastikmüll quietschende Bremsen (was brauche ich
An Stoff für dies *berührende* Gedicht?)
Fahl ein Streif fließt in ihren Augen und wächst
Nach oben, sie wirft sich zurück
Ins Polster gepreßt, seine Hand noch immer
Oder ein Bach aus der Landschaft springt über Geröll
Und hartes Gras, Äcker mit matten
Angepflanzten Farben in rotierenden Mischern.
Langsam füllt sich das mit fließenden harten
Gärten aus Teer, die auf der Haut zergehn
Zu einem gelben knirschenden Morgen, der sich vergißt
Mit zuen Augen, die *schöne Bourgogne:*
Durch die Scheiben fällt Wasser durchsichtig grau
Mit Muscheln und Kies, ein sinnliches Meer
Von Dächern und Fensterflügeln, in die Sonne bricht
Unvermutet. Die Bäume und Stangen
Greifen in ihre Brüste in ihren Schoß
Während Frankreich verschwimmt, oder wie hieß das Land?

Felder von durchdringendem Licht und sieben Himmel
Vor den Augen nichts, aber das alles in ihr
Rast durch sie, sie krümmt sich, sie schluchzt
Sie öffnet die Augen um acht auf die fremde
Stadt: unter den Gleisen rasselnd. Was hat sie gesehn
Von der Landschaft? nichts (aber was sah sie denn?
Was ist ein Gedicht: auf dem weißen internationalen
Papier, ein Stoff
Zum Leben?) sie lächelt hinaus
Sie wischt sich ab mit dem Taschentuch, sie kommen an
Von keinem erwartet um acht am Gare du Lyon.

:das ist geschenkt
und wir kommen zur Sache
Auf der Parkbank, oder noch besser
Bleiben wir auf dem Teppich

In den engen Wänden, der billige Schlager
Aus dem Luftschacht *Ich lauf vom Nordpol*
Zum Südpol zu Fuß
Was fühlst du
in der Umarmung?

Die nackten Tatsachen *Für einen Kuß*
In der »Stunde der Politik« (»des Werkleiters«, »der Klassik«)
Die Intensivschicht
in der Mundhöhle, die Stellungnahme
(Du bist blaß, Luise?
Es ist nichts. Du bist ja da. Es ist vorüber.)

Mit der Zunge
das Geschlecht streicheln, die Berichte
Das Kollektiv
eine bleibende Empfindung
»Du bist nicht bei der Sache.« – »Wo du dauernd quatschst.«

(Willst du mir ein Glas Limonade zurecht machen.)

EVP –,53, Flaschenpfand, Plandiskussion
Im offenen Fenster die Abgase, die *brennenden Fragen*
in deinen Augen, und die Fernsehscheiße!

»Mußtn immer was aussetzen.« – »Hatn angefang!«
»Ich habs satt wenns kein Spaß macht.« – »Denkst wohl mir.«
»Wenn du mir nie zuhörst.« – »Immer dein Mist!«
»Du liebst mich nicht.«
es folgen die Spätnachrichten.

(Die Limonade ist matt wie deine Seele – Versuche!
Wendet sich, sobald sie das Glas an den Mund setzt, mit einer plötzlichen Erblassung weg und eilt nach dem hintersten Winkel des Zimmers.)

»Dann gehch ebn fremd.« – »Ich halt dich nicht!«

(Die Limonade ist gut.)
Die Worte Schwanz, Brust etc.
Überhaupt Worte (Reizwörter, Sprach-
Regelungen, Memoranden zwischen den Zeilen
Zu entziffern) haben mehr Wirkung
Als die Dinge
warum? weil sie verdecken

Verallgemeinern, vervielfältigen
weil sie verdecken was fehlt

Was fühlst du? So vieles geschieht
zu zweit
Ist die Welt am deutlichsten, unausweichlich
(Wenn du weißt was ich meine.) (So meine ich es doch nicht.)

(Ohne sich umzukehren, von Schauer geschüttelt:
Wohl bekomms!)

Einen Schlußstrich ziehn
Unter die Fragen in deinen Augen
Ruhen

auf der Datenbank, in der Staatsreserve

Ruhen, sage ich
im Straßenlärm, in der Meinungsforschung
Im Suppengrün

einen Schlußstrich ziehn!

Unter eine bleibende Empfindung

Schluß! sage ich, um bei der Sache zu bleiben
In diesem Gedicht im kühlen Abend
ruhen, auf den Rückenwirbeln
Auf dem Bett, in der Mundhöhle

In den Möglichkeiten
im offenen Fenster

So vieles geschieht!
Schluß!
und das *Einundalles*
Ist nichts ohne das andere
Kannst du nicht schweigen?
das fehlt, das Ganze
Das zwischen uns liegt (was fühlst du jetzt?
Ich kann es nicht sagen.)

das Gerücht der Gedichte

Im offenen Fenster
rußig, undeutlich
Erheben sich die Fragen
In Zeitungspapier gewickelt, namenlos
Ist das die Möglichkeit?

die *brennenden Fragen*
Unsrer Bewegung
auf dem Bett, auf dem Materialsektor
Undeutlich, unglänzend durch Anwesenheit
In deinen Augen in den Worten
dich ich darüber verliere.

Material III: die Gummikneteranlage

Abgesehn davon, daß er was anderes lieber täte
Z. B. im Flußsand liegen mit auseinandergefalteten Beinen
Im letzten Jahrhundert, das die Bäche noch nicht
Zumauern muß, abgesehn davon

Na klar, will er sich liebend gern
Zur Verfügung stellen, mal ausgeklammert seine

Zerknautschten Knochen, die Lungen, sein Gefühl
Will er hier bleiben im heißen staubigen Dunst

Und abgesehn davon, daß gesagt wird, daß das ganz anders
wird
Und von der grauschwarzen Dreckschicht auf der Maschine
Von den verbrannten Pfoten (100 Grad), aber was rede ich
Ihr seht ihn in den Walzensaal tappen pünktlich wie ein
Gespenst:

Also würde ihm etwas fehlen, ganz abgesehn
Vom Zaster, von der Gewohnheit, von dem Geflachse
In der Blauen Tür, na und? und von den Weibern
Die auf den Gummiplatten lehnen mit vorgereckten Knien

Ganz abgesehn davon! und daß das sein Werk ist, und
ungeachtet
Er es aus Bewußtsein tut, aus der Notlage heraus
Aus Blödheit, also aus Bewußtsein, ungeachtet
Dieser Ausreden, ich mache es kurz, braucht er das

Weil er hier bestimmt, was mit ihm passiert und uns
Mal unterschlagen die Bedingungen, Vorgaben, Quälereien
Am laufenden Band, den einkalkulierten Irrsinn
Herrscht er hier, mal ganz abgesehn davon

Daß er sich kaum beherrschen kann, und daß ihn das einmal
umbringt
Im beißenden Gestank, im Gehämmer, in der verschifften
Kleinrationalisierung, reißt er seine Stunden runter
Ungeachtet dessen, daß er nicht weiß ob ihn einer versteht

Wenn er sagt, daß das sein Leben ist
Und mal vernachlässigt, daß er nichts Besseres weiß
Als neben den Kollegen zu stehn und sie neben sich zu
  wissen
Und ganz und gar abgesehn, daß ers ihnen nicht sagen wird

Und daß er weiß was er sagt
Und nicht weiß, ob euch das helfen kann, Kameraden
Ist er immerhin bei nichts anderem so bei sich
Einmal abgesehn davon, wie es anders wäre.

Widersprüchliche Berichte

(Die Griechen verpackten das Problem in Adonis, Sohn eines angeblichen Königs von Zypern, Kinyras, mit seiner Tochter Myrrha. Weil er gut aussah, ging Aphrodite mit ihm, und Ares ließ ihn aus Eifersucht von einem Eber zerreißen. Er mußte hinab in den Orkus, aber Aphrodite erbat ihn von Zeus für immer einige Monate zu sich. Andere berichten es anders; und man kann es wiederanders nennen: da ihm Ads selbstbewußtes mokantes Gesicht nicht gefiel, das mehreren, darunter Af, imponierte, ließ ihn Arsch von seinen Beamten, diesen Waldschweinen, auseinandernehmen. Ad war für die Umwelt gestorben usw. Die Griechen rechneten so, daß er etwa ein Drittel des Jahres in der Unter-, ein Drittel in der Oberwelt zu leben hatte und in einem Drittel über sich verfügen konnte.)

Gedächtnisprotokoll

Die Leute hier pochen auf meine Seiten.
Sie zerreißen mich in der Luft. Sie lecken
An meinen vier Buchstaben, kaum daß ich die

Hinsetze. Das mußt du verantworten! sagen sie
Und blicken mir hart in den Schädel.
Sie hocken in Knäueln auf meiner Werkbank
Und begutachten feixend die Bohrer und Feilen.
Sie wissen alles vorher, sie stellen sich dumm
Sie tragen mich auf Händen, sie lassen mich fallen.
Sie konstruieren mich aus meinen verwirrten Teilen
Und lassen mich durch mich selber rennen
Damit ich zu mir komme, und hängen an meinen Fersen.
Sie machen mich schlecht, sie machen mich besser.
Sie decken mich ein mit ihren Fäusten und Lippen.
In meinem schwachen Gedächtnis stehn sie Spalier
Für meine Gedanken. So habe ich
Meine Macht erfahren.

Empfang

Er empfängt mich früh um zehn
In seinem fast leeren Raum. Er begrüßt mich
Wie einen alten Bekannten. Er ermuntert mich
Durch sein Beispiel und seine enormen Sessel
Die gewohnte militärische Ordnung meines Körpers
Aufzulösen. Er lächelt zufrieden.
Er macht einige vertrauliche Bewegungen
Auf meine Herzgegend zu, die mich locker machen.
Er sieht sich geduldig an, was mir auf den Nägeln brennt.
Er betrachtet interessiert meinen unförmigen Kopf
Der mich am Reden hindert
Und will veranlassen, daß mir die Pommersche Mütze
Abgenommen wird und die Spanischen Stiefel
Die ich höflich unter dem Tisch
Verborgen hielt. Ich deute aus dem Fenster
Auf die verwickelten Gänge des Lebens, wo sich
Meine Hoffnung verlaufen hat. Er bewegt nur

Das Kinn, und sie findet sich wieder ein.
Er beschließt in einem Satz von circa zehn Worten
Eh ich mich entschließe auszuatmen
Meine Angelegenheiten in den verrotteten Städten
Zu regeln. Verstrickungen
An Ort und Stelle unentwirrbar für einen wie mich
Löst er mit einem Strich auf der Manschette.
Er nimmt mir alle Sorgen vom Ast
Mit einem Kaffeelöffel, den er auf den Tisch haut.
Als er mich hinausgeleitet, umarmt er mich.
Als ich auf die Straße trete, schrumpfe ich auf die Größe
einer Laus.

Material IV: Guevara

Die Völker schwiegen, schlummerten, da sahe
Das Schicksal, daß sie nicht entschliefen und es kam
Der unerbittliche, der furchtbare
Sohn der Natur, der alte Geist der Unruh.
Der regte sich, wie Feuer
(Hölderlin)

Soll ich aufbrechen, soll ich bleiben
Bei meinen Worten. Einer hielts nicht aus
Auf seinem Stuhl knietief in Plänen
Die Hände in Beschlüssen, herreißend
Die Zukunft auf die Insel, ringsum aber
Die Völker schwiegen, schlummerten. Von ihrem
Blut sein Blick dunkel, und zerfahren vom
Alten Verkehr der Welt das Glück, das er
Hatte, nicht tröstend einen der mehr sieht.
Er war am Ziel, da wars keins. Und der alte
Geist der Unruh regte sich, abschüttelnd
Das eine Land ihm. Mit nichts

Als seinem Namen ging er, ohne Licht
Des Tages oder Nachtruhe davon
Ich lasse meine reinste Hoffnung hier
Guevara. Und war nicht mehr sichtbar. Soll ich
Bleiben, bei meinen Worten. Soll ich aufbrechen
Aus meiner Hoffnung. *Ich kann das tun*
Was euch verwehrt ist an den Staat gesetzlich
Geleimt. Ich muß das tun was ihr nicht tut.
Er ging die Namen wechselnd und Masken
In Dschungeln oder Städten, ausbreitend
Die Sprache der Waffen. Drei Kontinente
Wenigstens einrechnend jetzt in den Sinn
Des Lebens. Untergehnd im Kongo, auf-
Stehnd in Kolumbien das Gespenst
Der Unruh. In dem undurchdringlichen
Sengenden Wald des Januar gekratzt ins
Verhungerte Erdreich das Basislager
Damit der Mensch noch lebt muß man ihn töten.
Und schießend in die Stille der Welt kam
Er zu sich, nicht mehr achtend Leben, andres
Und seines. Der Mord seine Geburt
In der verkehrten Welt. Ein neuer Mensch
Tötend den alten wirklich. Aufbrechen
Oder bleiben bei meinen Worten, die Asche
Werden auf meinem Haupt. Da sind noch andre
Worte. Ñancahuazú, Handfläche
Land, das der Kämpfer wie sie kennt, jede
Linie des Tals. Der Hinterhalt sein Fort
Die Hütte sein Ausland, unsichre Grenze
Das Schweigen der Bewohner. *Die Kraft ist nämlich*
Der Guerilla das Volk. Aber Schweigen sagt nichts.
Oft wo er ans Fenster trat floh lautlos
Der Inhalt. Hoffnungslos, duckt sich das
Verteidigend den Strick am Hals. Nichts so

Fürchtend wie die Befreier und die fürchtend
Was sie befrein. Und zittern unterm Obdach.
Und ich, das redend, bin schon in Gefahr
Von der ich rede, nicht verständlich mehr.
Und abgetrennt von vielen, ein Verwirrter
Der ist nicht mehr ganz hier. Soll ich denn bleiben.
Bei meinen Worten bleiben, handelnd mit
Alten Sätzen. Bin ich nicht schon fort.
Wenn ich ans Ende geh kennt mich nur eure
Furcht. Wir werden sehn. Im stachligen
Gedärm des Cañons weiter, erkundend
Die harmlose Natur des Ackers, umstellt
Von hundertfachem Gewehr. Er röchelnd
Beschrieb den Seziertisch wo er lag
Der Tod eine wirkliche Möglichkeit
Vor einem wirklichen Sieg. Furchtbarer Aufbruch
In diese Sätze, die ich hinschreibe.
Vor, sagt er, einem wirklichen, sagt er, Sieg.
Könnte ich noch zurück. Und milde lächelnd
Die Bäuerin verriet die leisen Stimmen
An die Meute. Die widerlegte ihn
Für uns. Das war sein Ende. Und ich geh
Weiter, ich bin nicht mehr bei mir.
Könnt ihr mir helfen. Ihr habt ihm nicht geholfen.
Seine Flucht tötend mein Dasein. Oder
Festhalten was ich habe, was nur uns
Gehört, gehört
Was kann uns denn gehören. Dieser Goulasch
Auf unsern Augen. *Etwas Neues suchen.*
Seine Sätze tötend meine Sätze.
Den Sozialismus mit den morschen Waffen
Baun, Ungleichheit endlos Fremdsein
Der Handel mit der Freundschaft, Inseln wiegend sich
Im Gleichgewicht, verdrückend das Gefühl

Das sie erschüttert. Vietnam, und die Völker
Schwiegen, schlummerten. Dies Spiel, das einen
Zum Wahnsinn treibt, der nüchterne
In Waffen gehnd und geht um als Gespenst.
Seht ihr, ich bin nicht mehr bei euch.
Ich seh Gespenster und nenn ihren Namen:
Kommunismus. Seine Flucht mein Thema
Mein Thema meine Flucht. Als sie ihn hatten
Voll Wunden und beweglos, lebte er.
Sie ließen ihn, in einer Scheune, bluten.
Barrientos gab den Befehl, den sie
Befolgten ins Herz. Da war er tot und
Fürchterlicher, daß sie ihn schnell
Vergruben, und gruben ihn wieder aus und
Verbrannten ihn, und er lag da, und ließen ihn
Verschwinden. Sein letzter Satz jetzt meiner.
Sie werden nun erleben, wie man stirbt.

Definition

Die Suche nach dem Stoff (zum Schreiben, zum Leben), um gegebenenfalls den Tod zu finden. Die Mechanismen des Zeitalters auseinanderschrauben, die Beziehungen zerfasern nach dem geheimen Blut der Geschichte. Gestorben für die öffentliche Ordnung, die Arbeit im Untergrund, im Gedicht. Dem Tod, dem klapprigen Kumpel, die Losung aus den Zähnen reißen, wo sie jeden Sinns bar ist: GLEICHHEIT. Zugleich die Empfindung der Machtlosigkeit der Worte, weltweit auf dem Strich durch das Leben (ÉGALITÉ, EQUALITY, РАВЕНСТВО), während wieviel? weiteres Blut ausfließt erblaßt in der Haut verfault in den Schläfen. Was kann mir helfen? Die Begriffe laden sich auf zu ungeheurer Spannung, die Reden Artikel Kommuniqués als Isolierband im Hals, daß der Verstand nicht durchbrennt. Allein in meinen Sätzen, und nur wissen, daß sie auch abgesucht werden durchforstet zerrissen von den andern, um den Stoff zu finden, der im Gefühl verschwimmt, das uns aus den Poren bricht, ein internationalistischer Schweiß. Die anderen die Gleichen: die langsame Formel, die mit Leben zu füllen ist womit womit womit? oder vom Tod.

Höhlengleichnis

Gezwängt in die Versteinerungen unserer berühmten Höhle, in der wir seit 5000 Jahren hocken, waren wir (nach schier aussichtslosem, von den meisten längst aufgegebenem Training der Halsmuskulatur und Rückenwirbel) seit den Detonationen der letzten sagenhaften Kriege immerhin beweglich genug, daß wir uns herumwenden konnten, um durch den Ausgang in das grelle Licht zu blicken. Das Licht, das bekanntlich die Schatten verursachte, die wir bislang als Beleg unserer minimalen Bewegungen wahrgenommen hatten. Als wir jetzt aber ins Freie sahn, war es nicht hell. Die große Lichtquelle, die uns aufgehen sollte, ja die immer wieder etliche seit jedem neuen Jahr Null angebetet hatten, war nicht vorhanden. Es war auch kein Ausgang da, sondern hinter uns kauerten andere Leute, wie andere immer vor uns kauerten in der selben Dämmerung. Offensichtlich mußten unsere Körper selbst oder die Bewegung der Körper ein schwaches Licht ausstrahlen, das, summiert, uns schattenhaft und flüchtig festhielt an den Wänden. Überrumpelt von dieser Entdeckung wollten wir uns wirklich halten an den Wänden – und griffen verblüfft und erschüttert ins Leere bzw. fielen vornüber in eine Menge Gerümpel, das wir besaßen. Wände also auch nicht! so hatte es kommen müssen. Wir sitzen hier 5000 Jahre in der Höhle, und sie hat keine

Wände! Das war keine Höhle, dafür waren wir Logiker genug. Wir hausten womöglich so unglücklich gruppiert, daß wir uns mit unseren Vorstellungen und Apparaten selbst umbaut hatten und jeder aus seinem Winkel in einen unzersprengbaren Raum zu blicken glaubte. Einen Raum von Fakten, von steinernen Gesichtern. Es war nun nicht so, wie einige von uns dachten, daß wir uns aus dem Laden einfach erheben konnten. Bei den ersten Versuchen, uns eilig und entschlossen hochzureißen, fühlten wir uns alsbald wie mit Ketten an den schleimigen Schutt gebunden und zurückgerissen, zumal sich die meisten nicht ruckten auf ihren Erdteilen, und standen schwitzend und, um den schneidenden Schmerz zu lindern, geduckt in den Kontaktzonen, Überleitungsphasen, Ausfallzeiten, bei der rechnergestützten Ermittlung abrechenbarer Verpflichtungen. Die aber den Schmerz nicht scheuten und sich lieber den Kopf einrannten an den herumragenden rostigen Verhältnissen und Stillhaltepraktiken als wieder in die Hocke zu gehn, richteten sich ganz auf und leuchteten für Momente grell, besonders ihr Großhirn wie eine phosphoreszierende Masse, und unsere stummen und halbherzigen Bewegungen waren schwarz und beschämend deutlich auf das ganze Inventar zurückgeworfen, bis die Körper dieser Jünglinge von Stricken quer durchschnitten und verbrannt zwischen unsere Nagelscheren, Tabellen und Nabelschnüre rollten. Darüber begannen wieder Jahrhunderte zu vergehn voll neuem Schutt, geplanten Kosten, Kunstersatz und normativem Gespeichel. Aber in dieser Zeit begann ein neues, härteres Training, des schmerzhaften und wunderbaren aufrechten Gangs.

Larvenzustand

Ich nehme mir was ich brauche
Sagte der Mann, der mir glich
Und was mir soviel hilft wie ein Wisch
Wie ein Wechsel, wie eine Schweigeminute
Ich nehme es mir von euch
Sagte er und sah mir aus den Augen
Ob ihr etwas übrig habt oder nicht.

(Er hatte gut Reden, und es waren meine Worte.)

Ich bin mir nicht zu gut, denn es geht mir zu schlecht
(Ich verstand ihn genau), ich sage nicht
Daß ich von diesen Leuten nichts nehme!
Woher denn sonst? wenn nicht aus ihren Händen
Ihrem verworrenen Garn, ihrer Tinte
Mit der sie sich foltern, ihren Zungenküssen
Ihren Gebärden, ihren Gebäuden, ihrem Gebräu!

Ich helfe mir, sagte er
Aus meinem trockenen Mund: mit den möglichen
Augenblicken, in denen sie sich berühren
In ihrem medaillenverdächtigen Einsatz
In der gelungnen Umarmung, selten genug!
Ich nehme es, wo ich es kriege
In ihrem bescheidenen Sträuben, sich gut zu sein
Ich behelfe mich so und nicht anders

Rief er (und es waren meine Worte:)

Notfalls reiße ich es
Aus ihren Gurgeln, den notorischen
Labyrinthen der Brust (und er griff in meine
Und zerrte mich halb hervor:) und nehme mir, wie gesagt

Was ich nun einmal brauche
Und so wie es ist
Murmelnd und blutend und zuckend
Von seinem letzten besudelten Laken
Oder von seinem ersten
Auf dem es unwissend lächelt wie ein Professor
des Rechts:

Notfalls also, und schlimmstenfalls
Breche ich in einen Schädel, der längst leer ist
Von seinem rasenden Gewölk, und stochre in den
Kiefern
Und Augenhöhlen nach der falschen Bilanz
Und kitzle aus dem zerbröckelnden Steiß
Seine versessene Lust, seine demokratischen Exzesse
Oder den eben (sagte er mit meinen Worten)
Zerschlagnen winde ich, was sie
Nicht mehr retten kann, aus den zerfetzten Fasern!

Rief er, und wenn ich so weit gesunken bin
Mir meinen Tod zu berechnen
Eine sanfte eindeutige Lösung
Ziehe ich, was ich brauche, ihn zu begreifen
Aus jemandes Zukunft, der erst noch geboren wird
Wenn er der üblichen Absaugvorrichtung entgeht
Aus einem gewölbten Bauch, einem Samengemisch
Woraus ein zartfüßiges Wesen wächst
Das uns noch ähnelt, aus Anhänglichkeit
Wie der Falter der Larve:

Du Larve, schrie er, in deinem Larvenstaat
Daher nehme ich es, aus allem und nichts
Das erst etwas werden soll, das höchstens beginnt
Aus dir zum Beispiel, aus deinem grinsenden Grimm

Deinem Entsetzen über den täglichen Einbruch der
  Nacht
Deinem politischen Schweiß, deinem eingenähten
  Verhängnis
Ein Mensch zu sein vom Morgen bis übermorgen
Verstehst du? dem geholfen werden muß
Damit er am Leben hängt und nicht am Strick
Der einen Namen braucht, einen Beruf
Und Zucker in seinem Brei, damit er die Welt versteht
Und Girlanden am siebten Oktober oder, warum nicht?
Am siebenten Mai, an dem du geboren bist!

Wer redet von mir, sagte ich
In sein Gesicht im Spiegel, warten wir ab
Warten wir, bis ich in der Erde liege
Wie wir dann miteinander stehen!

Wenn du noch warten kannst, sagte er grob
Kann dir noch geholfen werden: ich kann nicht warten
Und das sind deine Worte, sagte er
Genosse, mit deinen Schüssen im Kopf
Und diesen Pässen im Anzug, die dich ausweisen
In diesem und aus allen anderen Ländern

Und anderen Hoffnungen, die von hinnen fahren
Und Revolutionen, mit denen einem

Mit deinen Worten gesagt, geholfen wäre
Für einige Stunden, für seine Geburt
Für ein Referat oder, wegen mir! seine Ruhe

Daß er herauskommt aus seiner Larve, mit allen heraus
Und ich ihn nehmen kann, wen sonst?
An meine Brust, um mir zu helfen, um mich zu retten!

Sagte der Mann, der mir aus dem Herzen sprach

Und verschwand in meiner Zirbeldrüse
In meinem Überdruß, in meinem Schweigen

In meinem Hilfeschrei

In meiner Larve.

V

Statut meiner Dauer

Endlich gehe ich daran
Mir eine Satzung zu geben
Um meine Irrtümer zu begründen.

Meine Organisation ist öffentlich
Und gedenkt nicht unterzutauchen.

Es kann jeder eintreten
Der die Mühe nicht scheut, in einem andern zu leben
Und die Bitternis, und die Erschütterung
Seiner zeitungsreinen Gefühle.

Ich bewege mich auf dem Boden der Gesetze
Gewiß doch, ihr Lieben!
Meines Herzens, das in jedem Körper schlägt
Legal und zerstörerisch, unzüchtig und sanft.

Ich vereinige die wirkliche Sehnsucht
Und die unwirklichen Küsse
Die Verzweiflung und die Detonationen
Der Sinne.

Vor allem aber, entgegen dem äußeren Anschein
Versammle ich in mir
Die Freude, den unbedenklichen Stolz
Das Aufatmen bei der Ankunft
Der Wahrheit.

Seht ihr, ich kann nicht reden von dem
Was ich schon weiß: nur von dem was ich entdecke
Es handelt sich um einen Verein
Von Abenteuern und gewagten Vergleichen.

Nicht die Einheit und Reinheit findet ihr bei mir
Sondern die Gemeinsamkeit
Von Wasser und Schmutz.

Wie wir uns ähnlich werden, Genosse
Auf meinem ungeplanten Plenum.

Ich kenne kein Protokoll und keine Chefs
Ich nehme keine Befehle entgegen
Ich folge dem gemeinsamen Ratschluß meiner Glieder.

Ich konstituiere mich
Für eine Verschwörung der Gleichen.

Diese Satzung erlischt
Wenn ich eingehe in die Register
Abgelegt und gerahmt
In fleckenlose Geschichte.

Die Geräusche meines Lands

Hinter geschlossenen Türen sitzend
Höre ich Geräusche, das Knirschen
Der Industrien und der Leiber
Unter dem Plan. Der Redner redet:
Was immer das Leben kürzte, der Hunger
Liegt an der Kette der Maßnahmen
Tragik geregelt zwischen den Eckdaten.
Sprich lauter, Genosse, sind wir Illegale.
Kopf und Bauch gefüllt mit Notwendigkeit
Daß mir die Ohren klingen. Der Lärm
Stört mich nicht, er hält mich in der Welt.
Andernorts die, Bombenbastler, sitzen
Ein in schalldichten, zur Strafverschärfung
Gelassen: und kein Mucks der Gegend
Bis sie überschnappen und hängen
Wie Ulrike am Nagel. Schrei, Genosse
Gegen die Stille plötzlich in mir

Der Mittag

Ich liege nackt auf dem Laken
Mit meinem müden Gesicht, meinen Händen
Meiner unwirschen Brust, meinen Hoden
Auf einem weißen Laken im Mittag
Der durch die Betonwände schießt
Und meine Stühle überflutet, meine leeren Schuhe
Überrascht von einer plötzlichen
Atemlosen Erscheinung
Aus Jahren und Schrecksekunden, ich liege nackt
Und überströmt, ein alter Mann
Von Erinnerungen und Formularen
Und kenne nicht Tier noch Mensch
In ihrer strengen Unterscheidung
Noch die Beamten und die Zensuren
Der höheren Vernunft
Bin ich von Sinnen? oder im Gegenteil
Ich fühle mich leben
Weit entfernt von den vorgedruckten
Versammlungen und vollsynchronisierten Berichten
Da bin ich gestorben, das ist die Wahrheit
Und ihr seid es für mich
In den unterwürfigen Tänzen
Die das Fleisch gefrieren lassen
Aber ich fühle mich leben, weit entfernt davon!
Meine Artgenossen, das ist die Wahrheit
An diesem plötzlichen Mittag
Der mich durchstürzt
Und ausräumt, in meiner Abwesenheit
Auf einem weißen Laken
Und ausfüllt mit seiner leuchtenden
Klarheit.

Mein Fehler, der mich nicht reut

Wie mich dieses beliebige Jahr
Getötet hat und belebt
Und entwaffnet bis an die Zähne
Die *Guten Tag* sagen und *Einverstanden* und *Laßt mich in Ruhe*.

Wie sie verkommen ist, meine Freude
Erstochen von blanken Worten
Und wie sie überlebt wie eine zähe Katze
Überlebt und vor die Hunde geht
Und immer noch in mir zappelt.

Welche Verwüstung, welche Erbauung
In meinem beliebigen Kopf: wie seh ich da aus
Erhoben und in den Dreck gedrückt
Mit einer förmlichen Bewegung.

Womöglich war es mein Fehler
Daß ich mich nicht entschloß
In Schwarz zu gehn oder ganz in Weiß
Zu den vorgeschriebenen Stunden.

Ich denke, wir gehören zu einer aussterbenden Art
Die es verlernt hat, sich gelten zu lassen
Und fröhlich fröhlich zu sein
Oder traurig.

Und ich bin ein beliebiger Mensch und nicht zwei
Und dies zerreißt mich
Und das ist mein Fehler.

Laßt mich in Ruhe, sage ich, *Ich hab euch lieb*
Ich bin einverstanden, aber laßt mich in Ruhe
Aber haltet mich eh ich verrecke.

Italienische Nacht

Pappelschnee auf der Piazza / aus den Straßen Getöse /
Auf das gemietete Bett fallen wir beide zugleich
Nach dem Mahl / TORINO, GRANDE TORINO, die Schreie
Der begeisterten Fans / und das Grabtuch des Herrn
Präpariert für die Blöden / die Suppe unter den Bäumen
Spargel, Tomaten und Fisch mit den Genossen / verrückt
Streut sie die Kleider umher, das Bettuch über die Dielen /
Schwarz die gelogene Spur aus den Wunden der Brust /
Und dieser Lärm, I GRANATA SONO CAMPIONI D'ITALIA /
Und erst bei Sinnen vom Wein nackt, in dem Lampenlicht /
Vino Dolcetto / Pappelschnee auf der Piazza / die Dächer
Seh ich plötzlich bewohnt / und diese Blicke voll Lust
Auf den Abdruck des Leichnams, die Küsse / und schwärzlich unsere
Hände und Füße echt zeichnen sich ein in das Tuch /
Pappelschnee auf deinem Schoß / LA GIOIA GRANATA E' ESPLOSA /
Laß das Fenster auf! sagt sie: *damit man uns sieht.*

Avignon

Ich lief betrunken auf der alten Brücke
Von der es heißt: *dort tanzt man Ringelreihen*
Nichts ahnend als, das Ding führt übern Fluß.
Nach hundert Metern trat ich in die Leere
Die abwärts hing hinter dem vierten Pfeiler
In Flußmitte. Das Wasser schien mir warm
Geheizt vom Abwasser, stinkend, aber
Am Grund von flachen weißen Steinen flimmernd
Wo Oleander oder Zedernarme
Mich auffingen

Die Wesen dort am Platze
Saßen an dichten Tischen, eingedeckt
Mit Muscheln Krebsen Käse zum Rotwein.
Noch eh ich einen Fuß am Boden hatte
Küßte man mich rechts und links auf die Kinnbacken
Das war mir fremd. Sie fraßen ausführlich
Mit lockeren Bewegungen und Sätzen
Andere in der Hocke schnarrten
Auf Spazierstöcken die Marseillaise.
Aus ihren Kleidern glitschten Brüste und Nabel
Daß mir das Wasser, unter Wasser, aus
Dem Mund troff:

Ich vergaß beinah
Wo ich mich derzeit aufhielt. Die Griechen
Wußten hier im Ausland den Eingang
Zur Totenwelt: ich wußt es besser, diese
Unter Normalnull, leben hier wie Gott
In Frankreich. Satt voll singend
War ich bekehrt gleich zu dem Glauben
An nichts, als was ich griff mit meinen Lippen
Oliven Augen nackte Sätze, un-
Verkleidet, wie im Wasser üblich.

Dann lag ich in den Algen, meine Knie
Zwischen zwei andern, eine Einwohnerin
Nahm mich ins Gebet. Wir kennen keine
Sprach sie, Sünde, nämlich keine Strafe
Vor der ihr oben zittert. Uns kann keiner
Fuhr sie fort, ihr Mund an meinem Leib
Töten, noch zu Unbeliebtem nötigen
Wir fließen durch die Grenzen. O Mann
Wir leben nicht für morgen sondern heute
Was heute: jetzt! drang sie in mich, ich aber
In sie ein, nicht die reine Fahne
Über den Köpfen, unsre Haut
Ist das Banner, mit dem wir marschieren!

Ich mühte mich, auf meine Art, plump
Sie zu verstehn, doch blieb sie kalt
Wie andrer Fisch, mit angemaltem Lächeln
Und klammert sich an meinen Strohhalm
Flötend: Mach dir nichts draus
Wir fühlen nichts, oder wie Katzen, die
Mit Schmerz empfangen und mit Wollust werfen
Ohne ein Leid sind wir ohne Freude
Indem wir unter Wasser sind, am Leben
Hängend wie die Raupen, aber tot

So sprach die Beiwohnung, und ich zog aus

Ach wären wir an eurem Platz, im Offnen
In der Luft! wie würden wir verkehren
Totes in Leben. Ich schlug auf den Strand.

Die Stufen

Ich sehe alles ein. Ich lebe gern.
Arbeite esse rede. Aber was
Ist das woran mein Kopf stößt und ich steh
Betäubt. Und mir den Atem wegnimmt wenn ich
Bloß gehe. Schritt vor Schritt
Um nicht zu stolpern falln den Hals zu brechen
Hinab oder hinauf, die Knochen schneller
Als der Verstand, oder viel verstehend
Hocke ich da, lachend über die Gangart
Der Mitbürger auf dem selben Terrain
Das sie trickreich bewohnen. Was zum Teufel
Kratzt mich untern Sohlen auf dem Marsch
Ins Morgen. Gestern wußt ichs aber heute
Muß ichs lernen. Stufen. Der Abgrund
Ist zugeworfen mit dem Dreck der Kriege
Der Himmel eingerollt, die falsche Fahne.
Aber der Boden, eigen schon und fremd noch
Ist abgestuft wie eine Himmelsleiter
Oder Kellertreppe, Mensch und Mensch
Einen Kopf kürzer oder länger, wie sein Amt ihn
Hebt oder staucht. Sein Amt ist seine Arbeit
Die eine reißt den Plan auf das Papier
Die andre frißts und macht sich keinen Kopf drum:
Die eine hat ihn. Kopf Hand Schwanz
Hängend wie fremdes Fleisch, Gliederpuppen
Zerrissen von dem Zwang, nur eins zu tun
Zu *sagen* oder *machen,* Chef und Kuli
Zählebend. Ich sag nichts gegen Buckel
Schiefohren oder Zungen, die wachsen
Auf dem gestuften Mist. Mich läßt das Grinsen
Der Unterdrückung kalt: das seh ich ein
Wie gesagt, ich lebe gern.
Rede esse arbeite diese Arbeit
Die sich zerreißt bis wir sie ausreißen

Ein Jahrtausend für den Job, die Grenzen
Die sich nachziehn seit Olims Zeiten
In den Staat, gekränkt der ganz von Stufung
Die Seuche, an der unsre Macht krankt und
Sie zum Gespenst macht das auf Mauern geht.
Das ist viel, doch alles.

Lustgarten, Preußen

Das Gras gepflastert.
O Schweiß der Ämter, die Weisheit
Des Volks demselben, eh sie
Zitiert wird, einzu-
Rammen in das Gemüte.

Der Müggelsee

Aber am schönsten ist

Von den schimmernden Sees Traubengestaden her

in der Zeit Wirre
Die die Freunde verstreut roh
Vom Herzen mir, eins zu sein
Mit seinem Land, und

Gedacht
Mit Freunden voll das Schiff, fahre ich
Fort in dem Text, den der Ältere
Verlauten ließ, an einen anderen Punkt.

und auf den Bänken Bernd
Still lächelnd, Reiner, gebleckte Gebiß
Wolf schreind ein freches Lied
Und wir säßen im selben Boot

Auf der selben Welle noch, vor welchem Ufer
Ist mir egal und sei es getrockneter
Mist in Preußen, du kämest, Freude

Volles Maßes auf uns herab!

Aber ich fahre hin, an den dunkleren Punkt
Der Geschichte, der ein froh Gesicht
Verzieht zur Fresse, und die beschämend
Schöne Natur geschenkt

und Sarah vom siebzehnten Stock
Stürzt über die Mauer, ihr Liebes-
Lied voll Raben! Raben!
Schwarz, unter Wasser.

Geblähte Fahnen. Aber aus dem Kahn
Kippen sie, die der Kurs fremd
Ankommt, oder von sturen
Schlägen gewippt in die Brühe.

Fröhliches Wasser

Und sie gehen unter
Aus dem freudigen Text in den bitteren hier
Den ich knurre, ein Gram
Nicht des Schweißes wert.

Spiegelgasse

Sieh hinein. Der krumme Weg ins Freie
Auf steilem Pflaster mit gradem Gang
Die Flüchtlinge. Büchner in heiler Haut
Im toten Winkel der Geschichte lebend
Lenin im Nebenhaus, logischer Zufall
Wann wird er blind. Unendliches
Abbild in allen Worten in allen Zeiten.
Dein Zimmer leer: wirst du es brauchen

Schwester des Prometheus

Während schon etliche eingingen in den
Himmel der Ruhe. Abstreifend grinsend
Am Torbalken die Last, ganze Scharen
Von aufgeklärten Weibern Engel
Funktionäre flügelleichte Götter
Das war der Trend. Man destillierte sich.
Starrend auf seinen Nabel, redend von Frieden
(Während der Tang-Zeit, tausend Jahre vor uns)
Mullbinden auf der Seele und den Augen.
Kuan Yin, den Fuß schon halb, melden
Die Bücher, im süßen Nichts, aber
Hörte den Schrei der Welt und stürzte
Zurück in die Menge

Zu Hermlin, Die einen und die anderen

Er hat sie genannt. Und kein Wind
Wird diesen Steckbrief aus der Brust reißen.
Wir wissen nun, wie die und jene heißen.
Und wer die einen und die andern sind.

Und sind gewarnt. Denn in den andern Zeiten
Wenn so viel anders wird, bleibt eines gleich
Wir werden vergehn vor unserm Fleisch
Wenn wir uns nicht bei jedem Schlag entscheiden

Wenn wir uns immer nicht zu andern machen
Und wieder andern, die das andre wollen
Als was die einen sehn, die andre waren

Zu ihrer Zeit, die aber ist im Rollen.
Und wieder hören wir die Türen krachen.
Und durch die Wände brechen andre Scharen

Zu Brecht, Die Wahrheit einigt

Mit seiner dünnsten Stimme, um uns nicht
Sehr zu verstören, riet er noch beizeiten
Wir sollten einfach sagen wos uns sticht
So das Organ zu heilen oder schneiden.

Ein kräftiges: das ist es, und es kracht
Wenn nicht – (wie bei den Klassikern, die es halt gab)
Ein Eingeständnis, das uns Beine macht.
Das war sein Vorschlag blickend auf sein Grab.

So was ist noch auf dem Papier zu haben.
Wir haben ihn nicht angenommen, nur
Gewisse Termini und die Frisur.

Jetzt trägt man auch die Haare wieder länger.
Das Fleisch ist dicker, und der Geist enger.
So wurde er Klassiker und ist begraben.

Prozeß Galilei

Galilei, die nackten rosigen Füße
Auf dem heißen Fleck in der Kirche der Jungfrau
Wo der Verbrannte kürzlich schwieg, er aber

An diesem Vormittag in der Stadt Rom
Schien es wirklich, als stünde die Erde
Still, und nur er, der Eine, konnte sie
Jetzt bewegen mit einem Satz, er wußt es
Und war Gott gleich, riesig und überflüssig
Ging gebückt ins Licht in den Gassen mit seinem
Gespickten Leib, ein so großer Verräter
Daß genug Hände auf ihn zeigen würden.

Bruno

Schwieriger Umgang mit dem Abweichler
Es hilft nicht, die Instrumente zu zeigen:
Er hat sie beschrieben
Er beharrt auf seinem feindlichen Standpunkt
Daß sich die Erde bewegt
Die Vernehmer glauben sich zu verhören
Im Knast agitiert er die Mönche
Als wüßten sie nicht wo Gott wohnt
Die Folter verfängt nicht: er singt ein Tedeum
Wohin mit ihm? die Hölle nimmt ihn nicht auf
Verbrennen wäre die Lösung, doch die ist nicht neu

Der Teutoburger Wald

Die Hügel nahe sind entfernt vom Wetter
Naß die Fichten, keine drei Schritt vor mir
Wegtretend im Nebel, der Wanderweg
Empfiehlt sich in das Nichts. Glitschig am Fuß
Und waldursprünglich aus dem Hinterhalt
Geschichte, die Gräber im letzten Dickicht
Wie kauernde, in Reih und Glied, Soldaten
In Schlamm versinkend offnen Augs blind:
In meinem Alter mein Herr Vater fröhlich
Im Eilmarsch von Sachsen bis Niedersachsen
Verschossen in den Krieg, die Fahnenjunker-
Anwärter (auf dem Grab: Anwärter), er
Freiwillig meldet der sich, englische
In dem Gestrüppe! Tanks anschleichen, das
Am letzten Schlachttag, war sein Oster-
Denn Ostern wars, spaziergang in den Tod.
Die Vöglein schweigen im Walde, warte nur.
Was soll ich sagen, bald könnt ich sein Vater
Sein, und war einst vor was weiß ich viel Jahren
Mit vielen Brüdern um den Urmensch, eine
Idylle mit geladenem Gewehr
Auf der Veranda, das er uns erklärt
Vorweg, den äußerlichsten Mechanismus
Seines Ablebens. Und der Wald steht stur
Über den Gräbern, die auf Gräbern ruhn
Sinds Wurzeln oder Beine fleischlos kalt
Die mir ein Bein stelln und worauf ich geh
Mit meinem deutschen Bauch auf römischen Zehn
Die in Legionen knirschen unterm Schuh:
Die andre Schlacht wie gestern. Aus dem Laub
Im Hünenring die Freunde stochre ich
Auf in die Schlüfte, Armins Haubolde
(In Rochwitz unser Fleischer: Haubold, ja)
Drei Nächte sind wir, ausnahmsweise, einig

Aus Hängen sausend, und die Schlägertrupps
Aus Rom liegen ein Jahr den Krähen.
Von da bis heute alles Nebel hier
Das Denkmal selbst, Hermann mit Preußens Kraft
Unsichtbar in der Suppe. Das beweist nichts
Und nichts beweist was, Grabbe nebenan
Soff sich tot im Gasthof Zur Stadt Frankfurt
Nicht ohne daß er, die erfolgt war, die
Freiheit des Vaterlands für seine Fürsten
Und ihm blieb nur ein kaltes Weib, ein Giftzahn
Lorbeer auf sein Leichenhaupt und lebend
Ihn anpissen! besang. Das
Alles noch tief im Wald. In diesem Detmold
Im Pornofilm Thusnelda, sah ich, kaut
An Hermanns Schwert und war nicht seine Braut.

Das Forum

Das war der Mittelpunkt der Welt. Ein Sumpf
Vorher und ein Kuhfeld nachher
Ich stand auf dem Geröll/dem Rednerpult
Das breit war wie ein Haus, und sah hinab.
Was übern Boden ragte war ihm gleich
Torso aus Dreck und Säulen, numeriert
Die Reste nach dem Unfall, leichenhaft
Der Marmor aus dem Gras. Ungetrübt
Der Himmel drüber blau brutal
Ich hob den Arm vors Aug/der Konsul, als er Sieg! schrie
Da hörte ich das Dröhnen. Schwarz der Platz
Von Touristen/Römern, starrend auf
Die Schiffsschnäbel, Kriegsbeute, ihren Anteil
An Korn eintreibend mit dem Beifall. Die freien
Sozusagen, Bürger, mit dem Geschwafel
Auf dem Forum täglich eine Macht
Bis Julius Cäsar/ich, zum Gott geworden
Aus zu großem Talent, alles zubaute
Mit Monumente, daß keiner mehr treten
Konnte! Da sah es endlich schön aus. Er/ich
Auf der Rostra stand noch hundert Jahre
Oder vierhundert, weil man dauern kann
Solche Zeiträume, bis man gehört wird
Oder sich begreift in dieser Welt
Krieg/Brand/Arbeit/Tod/Geschwätz:
Dann die Wanderung der Völker blutig
Durch diese Straße/diesen Trampelpfad
Vandalen/Touristen, bis auf den Grundstein
Geschleift Cäsars Tempel, mir untern
Füßen zogs die Marmorplatten weg
Barbaren/Barberinis schleppten des
Senats, die Arschlöcher, Türen in die Kirche
Aufbau gleich Abbau, Häuser baun Ruinen
Touristen/Römer/Kühe auf den Wiesen

Sah ich Gras fressen, jedenfalls
Herden, *was man oft vorzugsweise*
Freiheit des Volkes nennt. In der Idylle
Immer noch die Worte in den Lüften
Doppelt/fremd/neu, keimfreies Echo
Die Franzosen in der alten Maske
Als neue Römer frei gleich brüderlich
Pochend auf Illusionen/meinen armen
Kopf, sich/nicht mich täuschend über sich
Die Republik der Tugend, bis ihr Tempel/
Ihre Börse kracht, etc.:
Ich Römer/Bourgeois/Arbeiterundbauer
Auf meinem Sockel, der aus Trümmern starrte
Der Zukunft zugewandt, in meiner Toga
Praetor und Gladiator eine Masse
In meinem Fleisch zerfleischt der Sieger strahlend
In welchen Sieg wieder freigleichbrü

Die Luft voll toter Bilder. Aus den Ritzen
Jammer Gelächter, so daß ich überhörte
Die Leere rings: das Tor war längst geschlossen.
Der einzige Mensch ich auf dem alten Platz
Ich löste all die Masken vom Gesicht
Mein Schädel blutig grau, zerbrechliches
Gehäus, die Augen lidlos offen ganz.
Einzigste Gegend von der Welt: der Steinbruch
Das Alte/Neue in fester Umarmung
Der Lebende voll Toten tötend, ich
Meinen Tod im Leben. Unten die
Kloake, die den Sumpf abzog, Gewölbe
Hinab zum Tiber, aber ihre Göttin
Venus cloacina ging längst in der
Die sie schützte, Jauche baden (sic!)
Funktionierte noch

Neuer Zweck der Armee Hadrians

Von Hadrianus, dem Cäsar
Wird seit alters zwischen den Zeilen berichtet
Daß er seine Armee nicht brauchte, um Kriege zu führen
Für die das Reich zu riesig war zwischen irgendwelchen
Britannien und Cappadocien, sondern um zu reisen.
Da er die Truppen schon nicht
Abmustern konnte vor den Augen der Goten oder
Sassaniden
Setzte er sie ein zu einem unüblichen Zweck
Nicht Städte niederzubrennen, sondern Städte zu gründen.
Wo seine Lanzenträger landeten, griffen sie zur Kelle
Und wo sie abzogen, war die Erde bewohnbar.
Das erloschene Jerusalem hob er aus den Trümmern
Und Athen, das palastreiche, zierte er mit Palästen.
Vor den Ländern, die er unterm Stiefel hielt
Bückte er sich, die Mosaiken zu studieren
Was er nahm, war Maß an den verwüsteten Tempeln
Der Schnitt, den er machte, war der goldene.
Er befehligte schließlich Steinmetze, Maurer und
Schmiede.
Er wählte seine Leute vermutlich, aus ihren Blicken
Nicht kriegerischen Sinn lesend sondern Kunstsinn
So daß sie noch Soldaten waren, aber schon Arbeiter
Schlagfertig noch und kunstfertig zugleich.
Dies alles zwischen den Zeilen
In einer längst toten Sprache. Aber wir wieder
Denken so heftig desgleichen, daß es uns zum Gleichnis
wird. Nämlich
Das ist so lange her, daß es beinahe wahr ist.
Denn können wir nicht, in den Umwälzungen, die wir
wagen
Wie die Armee den ganzen Staat
Wenn er schon nötig ist, benutzen
Zu seinem und einem anderen Zweck?

Mächtig über die Menschen noch, aber zugleich
Sie mächtig zu machen ihrer selbst, ihrer gemeinsamen
Sinne?
Dies Unübliche, das die Regeln
Außer Kraft setzt, indem es zur Regel wird?
Diesen cäsarischen Luxus der Massen
Der die Völker jubeln macht
In ihren lebendigen Sprachen?

Machu Picchú

Es war vermutlich so: (aber wir sind
Sonstwo wo immer sonst, Salud, Genossen)
Sie hatten in der lichten Frühe noch
Auf den Terrassen wimmelnd Mais geschnitten
Das Wasser floß in den intakten Röhren
Hell auf den Gipfel: alles war bedacht
Von Staats wegen in ausgesuchten Köpfen.
Keiner litt Hunger Jeder gab sein Bestes
Angesichts der Meinung über ihn
Die man ihn wissen ließ, und raschen Todes.
Die wissenschaftlichen Zentren ausgelastet
Mit Routinearbeit an den Mörsern
Die *goldne Zeit*. Sie hockten abends noch
In schönen Steinen, kulturell umrahmt
Von Flöten oder zugelaßnen Witzen
Über die Allesseher im besetzten
Freundesland. Der Priester grüßte eben
Vom Balkon den untergehnden Gott
Da kam die Weisung aus dem Mittelpunkt
Der Welt, an DiemitdengroßenOhren
Und abwärts die Stufenleiter, Chefs der Truppe
Sitzend auf Tausend- oder Hundertschaften:
In Krieg zu ziehen. Wie gewöhnlich
Kein Diskutieren an der Basis, nur
Berichte aufwärts klimmend diese Tour
So war das: (und wir sind, Drushba, Genossen)
Man schlich von dem Gelände, rätselhaft
Dies Machu Picchú leer auf seiner Höhe
Die Frauen blieben, bis sie sich begruben
Die letzte selber sich im Grab der letzten.
Dann wuchs der Wald darüber. Was weiß ich
Der Krieg war gegen Spanien, oder des
Letzten Inka Söhne, feine Schweine
Zerfleischten sich, aus der Haut des Bruders

Die Trommel spannend. Die Heißsporne
Aus dem zufälligen Kastilien tappten
Im Busch, die weißen Boten Gottes, ein-
Geplant längst hier im Glauben. Auf dem Thron
Im Eisen der geprügelt angepißt
Vor seinen Blicken seine Fraun verspundet
Preßten sie Gold wie Badekiesel aus ihm
Indem die Indios spurten, so gelernt
Demut wie Atmen. Endlich im Außendienst
Raffte der Inka anstatt Gold die Seinen
Gegen den Feind mit furchtbaren Kehlen
Und Muschelhörnern, halb die Häuser Rauch
Die Spanier bleich, mit nichts versehn als ab-
Gehackten Köpfen, in ihr Camp geschmissen.
Danach gefiels dem Inka abzuziehn
Ins Dunkle, kopflos seine Heere, heißt es
Lösten sich auf wie Rauch.
Dieses Verschwinden
Die lebenslosen Höhen seh ich kalt
Und ohne Trauer. Dies Versinken ganz
Ins Nichts hinweg, und nicht Zyklopenmauern
Halten das Leben, das den Tod in sich hat.
Hab ich gesagt: so wars. Ich seh etwas
Das du nicht siehst, Genosse, das sieht grün aus
Wie der Wald, der aus den Knochen wächst.
Der tote Platz meine geheime Freude
Meine Freude geheim auf jedem Platz
Im Rätselhaften, das die Lösung sucht
Den einen Fehler, der den Bau zertrümmert
Bis in den Grund, und grün ein fressender Filz
Zermahlt ihn die Natur ES WAR EINMAL.
Es war dies Machu Picchú, das mich freut.

Vom Besteigen hoher Berge
(Nach Lenin)

1
Jetzt sind wir höher als die Baumgrenze geklommen
Aber der Wald hat zugenommen.
Jetzt haben wir das Lager errichtet
Unter dem Gipfel: den keiner mehr sichtet.
Jetzt hängen wir am Seil ungelenk
Um nicht abzustürzen beim nächsten Schwenk.
Jetzt geht es nicht mehr vorwärts in dem ewigen Schnee
Formulare/Kies/Versprechungen/kalter Kaffee
Das reicht uns bis an den Schritt.
Jetzt schleppen wir jeden Tag den Berg mit.
Jetzt hat uns die Höhenkrankheit befallen
Und jeder sieht sich verfolgt von allen
Bis in die Betten und Bilanzen.
Jetzt kämpfen wir gegen Wanzen.
Jetzt übersteigen offenbar uns die Wege
Mit ihrem Geröll/Eckziffern/Privilege
Jetzt steigen wir über die Mitarbeiter
Erobernd einen Platz auf der Leiter.
Wo wollen wir eigentlich hin.
Ist das überhaupt der Berg, den wir beehren
Oder eine ägyptische Pyramide.
Warum sind wir so müde.
Müssen wir nicht längst umkehren
Und von unsern Posten herabfahren.
Und uns aus den Sicherungen schnüren
Denn dieser Weg wird nicht zum Ziel führen.
Tappen ins Ungewisse, aus dem wir aufgestiegen waren.
Die Reibung unser einziger Halt.
Tagelang arbeiten, um einen Zoll zurückzugehn
Verschwinden, um zu bestehn.
Aufstieg gleich Abstieg, heiß kalt.
Und den Gipfel in wieder erreichbarer Ferne zu sehn.

2

Und nun schrein die Arschlöcher, die nie einen Schritt
wagen.
Was hat das zu sagen.

Rechtfertigung des Philosophen

Aber Marx wußte was er sagte, was weiß ich?
In diesem neunzehnten Jahrhundert, voll
Von nackten Tatsachen, und keine Kunst
Die sie auffraß, sah man noch durch
Auf den Tag, an dem die Ketten reißen.
Was immer kommen mußte, schrecklicher
So rettender wars. Das hätte schwächeres Fleisch
Befeuert fortzudenken. Die große
Gewißheit der Klassiker und die langen
Gesichter der Nachwelt. Wohin soll ich denken?
Nach vorn immer durch den Vorhang von Blut
Der Blick auf die Kulissen und nicht hinter.
So viele Kunst und hat nichts zu bedeuten.
In der Vorstellung verbrauchen sich die Köpfe.
Was immer kommt ist besserschlechter oder als.
Was mir die Augen, öffnet nicht die Lippen.

Ich den alles trifft und der alles vergißt

Habt ihr mich laufen gesehn in der Stadt, mit dieser
Historischen Spitzhacke im Schädel
Ich hatte sie vergessen
Ich den alles trifft und der alles vergißt
Diese internationale Blume im Knopfloch.

Am Abend nach dem vertanen Tag, in einem fremden
Bett, röchelnd in einem Saal
Unter filzigen Vorwänden begraben
Ich den alles trifft und der alles vergißt
Mit einer furchtbaren Hoffnung bewaffnet.

Dieser sanfte Wahnsinn, sich seiner selbst zu erinnern
Wie er mein Hirn um den Brägen zieht
Bis der Schmerz des Denkens nachläßt
Ich den alles trifft und der alles vergißt
Ich begegnete mir in der erregten Menge.

Hab ich euch verletzt mit diesen verzweifelten
Brechstangen, die aus meinen Knochen ragen
Ich habe mich vergessen
Ich der alles trifft und den alles vergißt
Mit dieser offenen Wunde in den Gedanken.

Richtplatz bei Mühlhausen

Der Acker, abhängend
Vor den Hügeln, randlos
Beladen mit gelbem Korn. Im Regen
Der blank zieht aus dem Gewölk
Die Schlacht, mit Riesengeräten, fuder-
Dröhnend ins Dorf.
Kein Zeichen sonst. Die Zerrissenen
Unsichtbar lange, spät
In einem goldenen Feld.

Ist es zu früh. Ist es zu spät

(Für Thomas Müntzer)

Der Sommer ist vor der Tür
Die hellere Zeit. Und starr noch
Blüht alles, die Gedanken. Wie wenig frei
Gehn wir aus uns, und hängen
In unsern Häusern. Und was sind das für Genossen
Ungleich selbst, und dulden die Räubereien
Hinter den Meeren
Oder Preußens Pfützen.

Ist es zu früh. Ist es zu spät.

Ein Loch brechen in die Reden
Und sehn, wie wir uns selbst
Zu gemalten Männlein machen. Unter die alten
Töpfe schmeißen, aus denen wir ewig
Fressen, daß wir nicht reif sein
Uns zu genießen. Das Freudigste
Im Zorn sagen
Um bei Sinnen zu bleiben.

Ich kann es nicht anders machen.

Anhang

Anmerkungen zu den Gedichten

Jugendobjekt
Von Jugendlichen geleitete Baustelle oder Produktionsstätte. Hier ist vom Rhin-Havel-Luch die Rede, in dem von September 1958 bis Oktober 1963 10 880 Hektar Weideland melioriert wurden.

Selbstverpflichtung
wurde zum Tagesgebrauch geschrieben: sie war, als vorsichtige Vorlage, beim lauten Lesen mit jeweils erträglichem Text zu füllen.

Die Mauer
Feste Grenzanlage in Berlin, gebaut seit 1961 aus Stahlträgern, Betonfertigteilen und Draht, Länge 43 km. *Die Mauern stehn / Sprachlos und kalt, im Winde / Klirren die Fahnen:* aus Hölderlins Gedicht *Hälfte des Lebens,* 1803.

Wir und nicht sie
benutzt Klopstocks Ode *Sie, und nicht wir* (An La Rochefoucauld), geschrieben in Deutschland 1790: während die Franzosen Revolution machten.

Nach dem Treffen der Dichter gegen den Krieg
Im Mai 1965 trafen sich in Berlin und Weimar Schriftsteller aus 52 Ländern, um zwanzig Jahre nach dem Sieg über den Hitlerfaschismus zum Kampf gegen die neuen Bedrohungen der Menschheit aufzurufen.

Von Martschuks Leuten
Martschuk, Alexej, geboren 1935, sibirischer Bauingenieur, bekannt geworden an den Staumauern von Bratsk und Ust-Ilim.

Im Ilmtal
Lieber Fluß: aus Goethes Gedicht *An den Mond,* 2. Fassung, vielleicht 1788.

An Friedrich Hölderlin
Eigentum, Asyl: in Hölderlins Gedicht *Mein Eigentum,* 1799, heißt es: »Sei du, Gesang, mein freundlich Asyl!« *Symmetrische Welt:* im Brief an den Bruder vom 1. Januar 1799 schrieb Hölderlin: »Nicht wahr, Lieber, so eine Panazee (Allheilmittel; er meint die Poesie) könnten die Deutschen wohl brauchen, auch nach der politisch-philosophischen Kur; denn alles andre abgerechnet, so hat die philosophisch-politische Bildung schon in sich selbst die Inkonvenienz, daß sie zwar die Menschen zu den wesentlichen, unumgänglichen notwendigen Verhältnissen, zu Pflicht und Recht zusammenknüpft, aber wie viel ist dann zur Menschenharmonie noch übrig? ... Aber die Besten unter den Deutschen meinen meist noch immer, wenn nur erst die Welt hübsch *symmetrisch* wäre, so wäre alles geschehen.« *Gott in Stahl gehüllt:* aus Hölderlins Hymne *Der Rhein* (An Isaak von Sinclair), 1801.

Letzter Aufenthalt auf Erden
Geschrieben zwei Tage vor dem Tod Nerudas, als sein Gedicht *Die Satrapen* von der argentinischen Zeitung *Opinion* veröffentlicht worden war. *Aufenthalt auf Erden:* Titel zweier Gedichtsammlungen Nerudas, 1933 und 1935; ein *Dritter Aufenthalt* erschien 1947.

Au Rendez-vous international
Die Rede ist von den Weltfestspielen im Sommer 1973 in Berlin. *Aller stillen Vietnams:* Neruda nannte Chile im Juli 1973 »ein stilles Vietnam«.

Hinlängliche Erfahrung
Die Stadt, die werden wird: ungefähres Zitat aus Majakowskis Gedicht *Erzählung vom Kusnezkstroi und den Leuten von Kusnezk,* 1929. *Das ist kein Witz aus Odessa:* Redensart, von der besonderen Begabung des Odessaer Straßenjargons veranlaßt.

Karl Marx
Die Zitate sind Marx' Briefen an Engels und Ruge, seinem Aufsatz *Zur Kritik der Hegelschen Rechtsphilosophie. Einleitung* und den Eintragungen im confession book seiner Tochter Laura entnommen. *Nur als Abschlagszahlungen,* schrieb Engels im Brief an Turati vom 26. Januar 1894, akzeptieren die Sozialisten die politischen und sozialen Erfolge der Arbeiterklasse, die der Eroberung der politischen Macht vorausgehen; wir akzeptieren auch die gewonnene Macht nur als Abschlagszahlung.

Der Stoff zum Leben
Das Motto lautet deutsch (von Curtius): »Am Ufer saß ich / Fischte, die öde Ebne im Rücken. / Werd ich denn wenigstens mein Land ordnen?«

Wie herrlich leuchtet mir die Natur
Ein wüster Garten hier / der auf in Samen schießt: aus Shakespeares *Hamlet,* I/2. *Wie herrlich leuchtet / Mir die Natur / Wie glänzt:* aus Goethes *Mailied,* 1771. *Geh aus, mein Herz, und suche Freud / In dieser lieben Sommerszeit / An deines Gottes Gaben:* aus Gerhardts *Sommergesang,* vor 1667.

Brennende Fragen
Le Train Bleu: Marseille-St-Charles ab 23^{30}, Paris Gare du Lyon an 8^{24}. *Ich lauf vom Nordpol / Zum Südpol zu Fuß / Für einen Kuß:* DDR-Schlager der siebziger Jahre (Frank Schöbel). *Du bist blaß, Luise? – Es ist nichts. Du bist ja da. Es ist vorüber:* aus Schillers *Kabale und Liebe,* I/4. *Willst du mir ein Glas Limonade machen:* ebenda, V/2. *Die Limonade ist matt wie deine Seele* und folgendes: ebenda, V/7. *Brennende Fragen unsrer Bewegung:* Aufsatz Lenins vom November 1912.

Die Gummikneteranlage
Die Rede ist vom Kabelwerk Oberspree. Nach einem Zeitungsbericht.

Guevara
Hölderlins Entwurf, vermutlich Ende 1798, beschreibt Werner Kirchner als einzigartige »verherrlichende Deutung des Revolutionskrieges« der napoleonischen Truppen *(Hölderlin. Aufsätze zu seiner Homburger Zeit*, 1967). *Ich lasse meine reinste Hoffnung hier; Ich kann das tun, was euch* (Dir) *verwehrt ist; Der Tod eine wirkliche Möglichkeit:* aus dem Abschiedsbrief Guevaras an Castro, Mai 1965. Castro verlas ihn im Oktober selben Jahres. *Damit der Mensch noch lebt muß man ihn töten:* vgl. Jean Marcillys Interview mit Guevara (*Der Spiegel* 35/1968). *Handfläche Land; Die Kraft ist nämlich der Guerilla das Volk:* vgl. Guevaras Artikel *Was ist ein »Guerillero«* (*Revolución*, 19. Februar 1959). *Etwas Neues suchen; Den Sozialismus mit den morschen Waffen baun* (die der Kapitalismus liegengelassen hat): aus Guevaras berühmtem Traktat *Der Sozialismus und der Mensch in Cuba* (*Marcha*, Montevideo, 12. März 1965). *Barrientos* Ortuño, René, 1964–1969 Präsident der Regierung Boliviens. *Sie werden nun erleben* (sehen), *wie man* (ein Mann) *stirbt:* Guevaras letzter Satz stammt, nach Rafael Gutiérrez Girardot, aus der Topik der lateinamerikanischen Befreiungsgeschichte.

Die Geräusche meines Lands
Ulrike: die Führerin der westdeutschen Roten-Armee-Fraktion Ulrike Meinhof kam unter den Bedingungen der Untersuchungshaft am 9. Mai 1976 ums Leben.

Italienische Nacht
TORINO, GRANDE TORINO; I GRANATA SONO CAMPIONI D'ITALIA; LA GIOIA GRANATA E' ESPLOSA: Schlagzeilen der *Gazetta del Popolo* am 17. Mai 1977. Das vorgebliche *Grabtuch* Jesu wird im Duomo di San Giovanni in Turin noch gezeigt.

Die Stufen
Aus *Großer Frieden*, 8. Zu Shakespeares *Troilus und Cressida*, I/3, 370 Jahre danach.

Der Müggelsee
Geschrieben am Zürichsee, 1977. *Von des schimmernden Sees Traubengestaden her; Freude! Volles Maßes auf uns herab:* aus Klopstocks Ode *Der Zürchersee*, 1750. *Der Ältere:* Klopstock.

Spiegelgasse
Büchner emigrierte Oktober 1836 nach Zürich, starb dort Februar 1837. Lenin, Daueremigrant, nahm in der selben Gasse Februar 1916 bis April 1917 Quartier.

Das Forum
Rostra: Rednerbühne auf dem Forum Romanum, von Maenius mit Schiffsschnäbeln (rostrae) geschmückt, die in Antium erbeutet worden waren. *Barberinis:* Carlo Maffeo Barberini bestieg als Urban VIII. 1623 den päpstlichen Stuhl; von ihm hieß es: »Quod non fecerunt barbari, fecerunt Barberini«. Die

Bronzetür der Kurie, des Sitzes des römischen Senats, ließ Papst Alexander VII. an das Hauptportal der Basilika San Giovanni in Laterano montieren. *Was man oft vorzugsweise Freiheit des Volkes nennt:* vgl. Hegels *Vorlesungen über die Philosophie der Geschichte,* dritter Teil. *Der Zukunft zugewandt:* aus der Nationalhymne der DDR, von Becher, 1949. *Die Leere rings:* ich hielt mich versehentlich über die Öffnungszeit hinaus in dem Areal auf. *Einzigste Gegend von der Welt:* nannte Goethe das Forum Romanum in der *Italienischen Reise.* Zum Gedichtschluß vgl. Goethes Verse: »Euer Götter alt Gemenge, / Lasst es hin, es ist vorbei. / Niemand will euch mehr verstehen« (*Faust. Der Tragödie zweiter Teil,* III).

Neuer Zweck der Armee Hadrians
Hadrianus, P. Aelius, 76-138 u. Z.

Machu Picchú
Die zugewachsene Stadt in den westlichen Anden, 2450 m ü. M., wurde 1911 von Hiram Bingham entdeckt. Neruda widmete dem Denkmal der hohen Indiokultur ein bedeutendes Kapitel im *Großen Gesang. Die mit den großen Ohren:* die privilegierte Schicht der Inkas, die schweren Schmuck in den Ohren trug. *Aus der Haut des Bruders / Die Trommel spannend:* so soll Atahualpa mit seinem Bruder Atoc verfahren sein. *Auf dem Thron:* Inka Manco Capac, 1533. *Halb die Häuser Rauch:* in Cuzco, vormaliger Inkahauptstadt.

Vom Besteigen hoher Berge
Lenins Gleichnis eröffnet seinen unvollendeten Artikel *Notizen eines Publizisten,* Februar 1922.

Richtplatz bei Mühlhausen
Die Stelle, wo Müntzer von den Fürsten Ende Mai 1525 geschlachtet wurde, ist nicht gekennzeichnet.

Quellennachweis

Die Gedichte der ersten drei Gruppen sind den Bänden *Provokation für mich* (1965), *Wir und nicht sie* (1970) und *Gegen die symmetrische Welt* (1974), die Gedichte der beiden letzten Gruppen dem sich in Vorbereitung befindenden Band *Training des aufrechten Gangs,* alle im Mitteldeutschen Verlag, Halle (Saale), DDR, entnommen.

Der Abdruck der Gedichte »Hinlängliche Erfahrung« und »Der Müggelsee« erfolgt mit Genehmigung des Autors.

Zeittafel

1939	Geboren in Dresden-Rochwitz. Vier Brüder.
1945	Vater gefallen.
1948	Mit einem Roten-Kreuz-Transport wegen Unterernährung in die Schweiz.
1957	Abitur.
1957-1958	Druckereiarbeiter in Dresden.
1958-1960	Tiefbauarbeiter in der Schwarzen Pumpe, Facharbeiterlehrgang, Maschinist im Tagebau Burghammer.
1959	*Der Schlamm*. Bericht (erschienen 1972/*1972* mit *Der Hörsaal* und *Die Bühne* als *Das ungezwungne Leben Kasts*).
1959-1964	*Provokation für mich*. Gedichte (erschienen 1965/*1966* mit dem Titel *Vorläufiges*).
1960-1964	Studium der Philosophie an der Karl-Marx-Universität Leipzig.
1962-1965	*Die Kipper*. Schauspiel (uraufgeführt 1972 in Leipzig/*1973* in Wuppertal).
1964	Reise nach Sibirien.
	Der Hörsaal. Bericht.
1965	*Mink*. Fragment (uraufgeführt 1972 in Leipzig).
1965-1966	Auf Einladung Helene Weigels Mitarbeiter am Berliner Ensemble.
1965-1968	*Wir und nicht sie*. Gedichte (erschienen 1970/*1970*).
1966	*KriegsErklärung*. Fotogramme für eine Vietnam-Matinee des Berliner Ensembles.
1967-1971	Frei arbeitend in Berlin.
1967-1977	*Hinze und Kunze*. Schauspiel (uraufgeführt in der 1. Fassung 1968 in Weimar).
1968	*Die Bühne*. Bericht.
1969-1973	*Gegen die symmetrische Welt*. Gedichte (erschienen 1974/*1974*).
1969-1978	*Schmitten*. Schauspiel.
1970	*Lenins Tod*. Schauspiel.
	Gericht über Kronstadt. Vorspiel.
1971	Lesungen in Frankreich. Heinrich-Heine-Preis.
1971-1972	Für eine Spielzeit Mitarbeiter an den Städtischen Theatern Leipzig.
1972-1973	*Tinka*. Schauspiel (uraufgeführt 1976 in Karl-Marx-Stadt/*1977* in Mannheim).
1972-1977	Mitarbeiter am Deutschen Theater Berlin.

1973	Vorstandsmitglied des Schriftstellerverbands der DDR.
1974	*Was bleibt zu tun?* Flugschrift.
	Unvollendete Geschichte. Erzählung (erschienen 1975/*1977*).
	Die Tribüne. Bericht (letzter Teil des *Ungezwungnen Lebens Kasts,* erschienen 1978/*1979*).
1974-1977	*Training des aufrechten Gangs.* Gedichte.
1975	*Guevara oder Der Sonnenstaat.* Schauspiel (uraufgeführt *1977* in Mannheim).
1976	Reise nach Kuba und Peru. Lesungen in Italien.
	Es genügt nicht die einfache Wahrheit. Notate 1964-1973 erschienen *(1976).*
	Großer Frieden. Schauspiel.
Seit 1977	Mitarbeiter am Berliner Ensemble.

Die kursiven Zahlen bedeuten das Erscheinungs- bzw. Aufführungsjahr in der BRD.

Inhalt

I

II

III

IV

V

Anhang

Volker Braun im Suhrkamp Verlag

Wir und nicht sie. Gedichte. 1970. 84 S. *edition suhrkamp* Band 397

Das ungezwungne Leben Kasts. Drei Berichte. 1972. 160 S. Kt.

Gegen die symmetrische Welt. Gedichte. 1974. 100 S. Kt.

Stücke 1 (Die Kipper. Hinze und Kunze. Tinka). 1975. 182 S. *suhrkamp taschenbuch* Band 198

Es genügt nicht die einfache Wahrheit. Notate. 1976. 150 S. *edition suhrkamp* Band 799

Unvollendete Geschichte. 1977. 98 S. Kt.

Alphabetisches Gesamtverzeichnis der suhrkamp taschenbücher